旅伴文库·散文精品城际阅读

聂震宁／总主编

王剑冰／主编

一个人的车站

朱秀海——著

林艺——绘

漓江出版社

图书在版编目 (CIP) 数据

一个人的车站 / 朱秀海著 . — 桂林 : 漓江出版社 , 2018.1
（旅伴文库 · 散文精品城际阅读 / 聂震宁，王剑冰主编）
ISBN 978-7-5407-8276-4
Ⅰ . ①一… Ⅱ . ①朱… Ⅲ . ①散文集 - 中国 - 当代
Ⅳ . ① I267
中国版本图书馆 CIP 数据核字 (2017) 第 233615 号

YI GE REN DE CHEZHAN
一个人的车站
朱秀海　著
林艺　绘

责任编辑：张谦
助理编辑：辛丽芳
书籍设计：石绍康
责任印制：杨东

出版人：刘迪才
漓江出版社有限公司出版发行
广西桂林市南环路 22 号　邮政编码：541002
网址：http://www.lijiangbook.com
全国新华书店经销
销售热线：0773-2583322　010-85893190
北京汇瑞嘉合文化发展有限公司
（北京市经济技术开发区荣华南路 10 号院荣华国际大厦 5 号楼 1501 室
邮政编码：100176）
开本：880mm × 1230mm　1/32
印张：5.75　字数：67 千字　插页：8
2018 年 1 月第 1 版　2018 年 1 月第 1 次印刷
定价：35.00 元

目 录
Contents

总 序

聂震宁

《旅伴文库》乃应时而生的出版项目。当今之世，既是提倡全民阅读之时，又是高铁出行渐成趋势之际，正应了古人“读万卷书，行万里路”的人生信条。究其实，现代交通工具大大方便了百姓的出行，旅行几乎成了普通民众的一种生活常态，令“千里江陵一日还”有了现代意味。而全民阅读则还在国家、社会的提倡中，有识之士一直在呼吁让阅读成为一种生活方式，可是，要达到这一点要求，似乎还比较难；唯其难，故而需要多方设法推动，长期用心提倡。漓江出版社策划设计这一文库，既顺应了现代人出行的方便，更是推崇全民阅读，颇具趁旅行热潮助推全民阅读，借全民阅读提升旅行质量的匠心。

相比较已经形成热潮的出行，全民阅读还不够热。尽管国家为促进全民阅读立法，各级政府为全民阅读提供支持，每年“世界读书日”各地开展活动有声有色，“书香中国”活动在全国范围风生水起，家庭阅读、校园阅读、社区阅读、机关阅读渐次开展，然而，平心而论，这些大都还是在外力推动下的阅读，距离“让阅读成为一种生活方式”的目标还有长路要走。那么，如何才有望接近这一目标呢？我们以为，让阅读与日常生活相伴或许是努力的基本方向。当民众出行热潮形成，包括旅游在内的旅行已经成为普通百姓的一种生活方式，提倡在旅途中阅读乃是顺理成章的事情。国际上曾有过“中国人不爱读书”的负面评价，评价者举证的，正是旅行途中许多欧美人在读书，而许多中国人并不读书的现象。那么，要改变这一国际负面印象，最直接的办法就是让更多的中国人在旅行途中读起书来。当然，在旅行途中读书并非为了做样子给国际人士观赏，而是全民阅读之树必然开出的日常生活阅读之花。《旅伴文库》正是为了催生这美丽的花朵而做出的努力。所谓“人生漫旅，好书伴你”，是该文库在广义层面的取意。

事实上，开展在旅行途中的阅读生活，对于提高我国旅游事业的质量也是大有裨益的。对于国人的旅行生活，一直都有某些负面的评价，认为其盲目、简单、粗糙，缺少文化内涵和审美情趣，其中有一个我们前面已经提及的负面评价：中国人在旅行途中几乎都不读书。这些负面评价已经成为国民文化素质不高的重要证据。知书达理或知书达礼，不爱读书的民族谈何文化内涵和审美情趣！于是，近些年来，就有许多关于改善旅行生活、提高旅行质量的意见被提出，其中有一条意见颇具感染力，那就是“带一本书去旅行”。

“带一本书去旅行”，其直接的用意是让人们在旅行途中闲暇时刻不至于无所事事。人在百无聊赖时，“第一等好事还是读书”，让休闲的状态也有优雅的生活方式，而阅读正是一个人最优雅的生活状态。旅行是一个发现美、欣赏美的历程，“带一本书去旅行”，读书可以明理，可以直接帮助我们丰富旅行知识，探寻美的存在，增加旅行的深度和厚度。旅行即意味着暂时摆脱日常世俗生活的纷扰，暂时忘却生活中某些庸俗无聊的烦恼，所谓“偷得浮生半日闲”，让身心得到休养；“带一本书去旅行”，可以让一本好书帮助我们超凡脱俗，让一本好书优雅的精神气质在旅途上陪伴我们的灵魂，让一次次旅行成为与一本本好书相伴随的精神之旅。

应时而生的《旅伴文库》其主旨便是倡导“带一本书在路上”，让精品图书成为旅行者的精神伴侣。在旅行热潮扑面而来的同时，也要让全民阅读热潮相伴而去，让“读万卷书，行万里路”成为现实。

为了旅途上阅读而设计的《旅伴文库》，自然要更多顾及旅行阅读的特点。旅行阅读当然是各有所好，可专门为旅行者编撰的图书，则要更多体现旅行者阅读的便捷、休闲、审美、精粹等需求特点。《旅伴文库》的各个子系列设计得很具匠心。其中，“散文精品城际阅读”系列，一年只选七位散文家，颇有“七剑下天山”的气概；每人每本不过5万字，极大突出了精选的精神，再配上贴切而有意趣的插图——有的就是作家本人所绘。“漓江的书，买了再说”，是20多年前本人在漓江出版社社长任上为该社拟定的广告语，如此的自信自诩，竟然在这个系列的设计中重新得以体会到。其他系列目前还在筹备阶段，基于出版社选题信息的保护，这里暂不细说，预期当能吸引读者眼球而令人想要一睹为快。

《旅伴文库》各个子系列的设计，显然走的是精品精读的路线。这是出版社此项目主持者的原则，也是编选工作的实际状况。“散文精品城际阅读”（2018）系列所编选的七人七种散文集即如此。有刘亮程《半路上的库车》、朱秀海《一个人的车站》、王剑冰《水墨周庄》、董谦《种稻记》等。七人中的任何一位散文家都以实力呈现，任何一位实力派作家都会努力奉献自己卓具新意的作品集。在邀约散文名家加盟过程中，编选者主张作品优先，内容为王，名人也须出力作，否则宁可给新人新作以展示的机会。著名军旅作家朱秀海曾以其编剧的电视剧《乔家大院》《天地民心》等闻名于世，也曾以散文集《山在山的深处》享誉散文界，这次以名篇散文《一个人的车站》为书名新编新集，值得一读。致力于散文写作和研究的王剑冰，曾以《绝版的周庄》享誉海内外，为此旅游名胜江南古镇周庄几与王剑冰结成不解之缘，此番他又以《水墨周庄》为题加盟，旅途上的读者怎能放过不读？至于刘亮程，我不能不多说几句。2016年7月本人参加全国政协民族文化考察组去往新疆，在当地政协的安排下到了博格达山脉北麓的木垒哈萨克自治县英格堡乡菜籽沟村，造访了刘亮程的“一个人的村庄”——菜籽沟村，那是这位极具理想主义和人文情怀的散文家以一己之力挽救重建的“菜籽沟艺术家村落”，当时已初具规模，吸引了各类艺术家入驻。我们到村落里刘亮程的“木垒书院”参观，那天书院主人不在，是他的助手开门揖客。听了一些简要介绍，参加考察的政协委员无不感叹这位著名散文作家的文化情怀。本次他携新编散文集《半路上的库车》加盟，并且在书中插入他自己的画作。那些画作既有西北少数民族的风情，又有作家与生俱来的文人画作韵味，可以让读者更为走近这位散文名家。

上述三位入选作家自然是读者相当熟悉的名人，他们的加盟可以体现《旅伴文库》的感召力和他们的合作诚意。可我们还要为散文界的新人入选而欣喜。董谦先生自称除 22 年新闻从业经验外，别无所长，一米九几的大高个，在深圳做了几年报社的副总，却因乡心难却，返身回到湖南汨罗乡下，亲自种稻，一心要种出无农药无化肥无转基因的生态大米，这次他给我们带来的《种稻记》，个中情趣自不待言。

作为《旅伴文库》最先面世的第一个系列，“散文精品城际阅读”（2018）系列的七人七书可以称得上是精选精编而成，给我们浑然一体的感觉。对此，出版社是信心满满，相信读者也能兴趣满满。而对于整套文库后续的编选出版工作，则应当说是有了一个好的开头。管中可以窥豹，开局能见气象，相信《旅伴文库》是能够成为众多旅行者满意的伴侣的。

2017 年 9 月于贵州、广西、北京旅次中

聂震宁，全国政协委员，中国出版协会副理事长，中国韬奋基金会理事长，中国作协全国委员会名誉委员，《旅伴文库》总主编。

一九七八年十二月二十日武汉大雪

一九七八年十二月二十日。星期三。事情是下午三时发生的。可我必须从头天晚上写起。头天晚上军区京剧团在机关礼堂演出折子戏。我到军区文化部两个多月了，是第一次看军区京剧团的演出。透给我那个惊人消息的人是我当兵那个陆军师里先我两年调来军区的一位仁兄，说得亲密一点，在军区机关，我们俩就算是一个山头的。这位老兄机敏过人，消息灵通，折子戏演了两出，他才像是偶然想起来似的低下头，凑近我的耳朵，小声地说：

“哎，听说没有？”

“什么事？”

“怎么，没听说？”听他的口气，这次真有点惊讶。

“你说什么事吧。”

“你要不知道我就不跟你说了。”他直起身子看戏，说。

这次他明显不是在故弄玄虚，正是这点感觉让我逼着他把话说完。

“要打仗了。”他不情愿地、用近乎耳语的声音说，眼里却射出了兴奋的光彩。看得出，没说出来时他确实不愿对我说，说出来了，却又无法克制自己内心的兴奋。

过后想来，我的反应实在太迟钝了。

“哪儿打仗？”我问。我甚至没想到是我们中国人要打仗，我以为是别的国家或地区，譬如美国和苏联，阿拉伯和以色列。对了，还包括我们近邻的越南和柬埔寨，近一年来，他们两国也搞得剑拔弩张的。

“我们和越南人打仗！”他一边说，一边用无可救药的目光看我一眼。“×××军要出动了！”最后一句话他用极低的声音说。这是少见的一次，他说起话来没有拐弯抹角，更没有故作神秘。

“真的？”

“当然是真的。预先号令都发下去了！”

我呆住了。我一下就把昨晚的事全想起来了。这个新消息给我带来的冲击极为强烈，我当下就感觉到了它。每个军人都懂“预先号令”这四个字的含义，只有在接近战争的状态下，军区才会向一个野战军发出预先号令。×××军是我们俩的老部队，两个月前我从其中的某陆军师调来。可现在我的老部队，还有那些多年的首长和战友，就要去打仗了！

“他们要去哪里？”我的心颤颤的，问。

“不知道。”

我们对视一眼，他的脸上泛着激动的红潮，眼里汪着水似的亮晶晶的光。正是这一刻，我发现刚才的消息在我心中引起的激荡也在他心里发生着。我在感受着我自己的内心的同时也在感受着他。我们的感受是相同的：我们的老部队要去打仗了，可是我们——尤其是我，却在不久前从老部队调到了军区。尽管想到这一点似乎是非常可鄙，但我——也许还有他，已经想到了：由于这样的工作变动，我们俩这次不会跟随老部队去打仗了！

事情就这样过去了。毕竟是第一次听到这个消息，在我的内心深处，仍然存在着某种怀疑的力量，一种似乎来自本能的、相当强大的力量，要对抗那个已经令我深深震动的消息。散戏后我回到一人独住的宿舍，努力地想把它忘却——我已经为此找到了不少似是而非的理由，譬如说我听到的毕竟只是个小道消息，没有经过证实；×××军要出动，这样的消息我也应当早就知道，等等。我的内心欢迎这样的怀疑和否定，因为它能够平息我内心的震动，让我的思绪拒绝向那个我已经看过一眼的方向做进一步的窥视。我果然没有让自己多想，就让自己睡着了。

第二天从早上起就阴沉着天。入冬以来武汉还没下过雪。前天和昨天都说有雪，可就是没有落下来。由于那种强烈的抵触心理的存在，我没有再想到那件事情。事实上，它并没有消失，只是我不愿意去想它，于是它似乎就不存在了，被忘却了。而且，我得承认，无论是早餐还是午餐的时间，我在熙熙攘攘的大饭堂里都没有再听人谈起过那个消息。我对事情如此发展产生了一种预期的乐观情绪：也许又是个假消息！于是到了下午，我觉得自己真的把它给忘掉了。

下午我一个人留在宿舍里写一篇小说，这是我调到军区文化部来的主要工作之一。但是这天的工作进展得并不顺利，中间又被我们创作室的主任打扰了一阵子，他来告诉我，军区机关要我们单位出人，帮助军区“文革”审查小组去大连协查“文革”初期某军区一个首长挨打的案子，他已经决定第二天带我一起去，并说已经让机关订票处为我们订好了飞机票。于是我的思绪完全被打断了，我开始想，要为这次出差做点什么准备。

下午五点钟时我不想写下去了，走到外走廊里来透一口气。我望见了天空，厚重的雪云都要低到楼前尚未脱尽叶片的广玉兰的枝梢上了。楼下的孩子又在弹钢琴，给人一种她又在砧板上剁菜的感觉。最靠边的一户住进了一对新婚夫妇，女方父母给女儿的陪嫁是一台九英寸日本电视机，一天到晚大开着。楼前的水泥路上，已经有下班的妇女匆匆骑车回家，车把上挂着菜兜子。我看到了那辆乳白色的伏尔加，并且也认出它是我们部长的伏尔加（部里只有这一辆车），它慢慢地从宿舍区大门开进来，躲闪着女人们的自行车流，一点点向上驶到了我住的单身宿舍楼前。我静静地看着它停下，静静地看看部里的赛秘书下车，并且抬头朝楼上望，一直没有想到这件事会和我有什么关系。部里的车出来，一般来说总会有什么大事，而且总会和部长的活动有关系。但是从楼下抬起头的赛秘书的目光一下就盯上了站在走廊边朝下看的我。

“哎，朱干事，你下来一下，部长要见你。”

我有点惊疑。但还不是深刻的惊疑。

“老赛，你是说部长找我？”

“对。快下来。”

老赛并不老，就像我自己也不老一样，我们部里新调来的这一茬子年轻人，年龄都在二十四五上下，大的也就是二十七八，但我们平常喜欢互相称“老”，这里更多具有的是相互调侃的意义，我们毕竟还年轻，有权利以这种相互调侃的态度生活。

这时我不能不相信事情是真的，部长要找我，这一定是有事，我匆匆回去穿好军衣，跑步下楼，坐上了乳白色的伏尔加。不过我的惊疑也在加深：首先，老赛并不经常用“朱干事”这样一个正式的称呼喊我，他正经时喊我的名字，不正经时喊我“老朱”，以至听他今天叫了一声“干事”，竟让我很不习惯；其次，就是部长叫我，也用不着派车来，过去部长也喊过我，总是打发个人，站在楼下吆喝一声，我就颠颠地跑过去了。毕竟军区机关宿舍区和办公区只隔着一条马路。

今天搞得这么隆重，不能不让我有点不安，于是车子开起来后我问了老赛一句：

“哎，部长叫我啥事儿？”

老赛过去也向我传达过部长的指示，每次总不免有点夸张和随便。这一次不同，他很认真地说：

“我也不清楚，可能见了部长，你就知道了。”

我仍然没有想到什么，何况也没有太多的时间。车子滑出宿舍区大门，转眼就进了办公区大院的门，一路上坡，到了武汉军区政治部文化部的办公楼——一座灰色的四层小楼，四周围是即使在冬季也碧绿着的草地和冬青树。

我在楼下下车。我没有注意老赛这次并没有和我一起走进楼内去，他也没有带着车走开，他就停在那里，等着谁。后来我才明白他是在等我。走进楼门时我还在想：部长这么正式地召见我，到底有什么任务呢？我想过调到军区机关后部长为数不多的召见，有几次确实是交代给我一些比较特殊的任务，比方说到鸡公山深处采访一个已在深山里转战了三十年的工兵团，去参加军区组织的一次重要的文化工作会议，还有一次是要我和他一起去大西北参观一次大规模的军事演习（我能拥有这次机会让我的同事羡慕不已，也被部里的“同伙”认为是部长特别器重我），我想这次也肯定是一个这样的任务。

但似乎又不是这样。因为我自己已经意识到了：这次部长召见我——用一句话来形容就是——显得过于隆重。

我已经来到了部长办公室的门前，我已经没时间胡思乱想下去了。我喊了一声“报告”，部长在里面答应一声“进来！”我进了部长的办公室。办公室据说是五十年代仿苏联模式盖的，墙很厚，天花板很高，面积很大。相比之下，房间里除了他和副部长的写字台、一对单人沙发、两个不大的书架和一个报架之外再无他物，每次走进这间办公室我都有一种进了十分空旷的所在的感觉。进门前我看过表，已经五点一刻，外面云暗天低，屋里的光线，不知为什么却没有开灯。部长的写字台在房间的尽头，从开在房间这一端的门口望过去，部长就像是坐在一个洞穴的深处。

而且，这么大一个房间里，只有他一个人在。

“小朱，你来了，快坐。”部长见我进门，从写字台后面站起。

这也是不常见的事情。往常我到这间办公室里来，部长也是用这种轻柔的、老年人的声调招呼我，让坐，却不会站起来。部长五十六七岁，面相慈善，调到这个部以后，他给我的印象不像个首长，倒像是长辈。部长是一位老革命，十三四岁就参加了八路，出生入死数十年，战争年代有许多奇闻逸事，但待部里我们这帮年轻人，却极为平易近人，不笑不讲话。

虽然光线灰暗，走近了仍然能看清部长的面容。我有一点那种感觉：部长今天的表情多少有一点严肃。

不过我仍没有时间多想。

“部长，有事吗？”我问。

我相信，一听我的口气，他就会觉得我对他将要讲出的事情绝对一无所知。

“啊，你坐下，喝水。”他说。我在他写字台前的沙发上坐下，他把泡好的一杯水挪到我面前来，我注意到自我进屋，他一直试图像往常那样亲切地和我谈话，但显然没有做到。

他回到写字台后面坐下。

“啊，是这样……有一个任务。我也是今天下午刚刚听到消息。最近两天，××× 军可能要出动，执行作战任务。”

我的脑子里砰地响了一声。我一下子就想到了那件事。

“……自从一九六二年中印边境自卫还击战过后，我们军区的部队就没打过仗了。军区首长认为，这次 ××× 军参战，是锻炼部队，同时也是锻炼军区机关干部的机会。你知道的，别说你这个年龄，就连咱们部里的处长，也都没有打过仗了。因此，军区首长决定在军区机关抽调一批最年轻的干部，组成一个团，随 ××× 军行动。……这个团开始说叫战场工作团，后来想一想，觉得部队到了前方，归别的军区代管，就不再受我们指挥了，说工作团不太好，就改了个名，叫作学习团。

“……机会确实难得。学习团的成员主要是军事干部，吸收少量政工干部和后勤干部参加。经军区政治部谢主任要求，军区首长决定给政治部三个名额。谢主任刚刚召集组织部、宣传部、文化部我们三位部长开了个会，让每个部抽调一名干部参加学习团。主任特别指示，文化部一定要抽一个最年轻的、能在战场上跑得动的、将来能写出作品来的。

“……人员已经确定了。宣传部陈副部长、组织部刘副科长。陈副部长任学习团副团长兼军区政治部学习组负责人。”

我静静地听着。我认为部长一边说着，一边想从我脸上发现我内心的反应。我相信他一定没有发现什么反应，因为那时我心里一片空白，根本就没有太多的反应。

“……我们文化部年龄最小的人是你。电影队有个侯和平，和你同岁，比你大七个月，但他是电影队长出身……顺便说说，提名让你参加学习团的甚至都不是我，是谢主任点了你的名，他说：你们文化部不是刚从 ××× 军调来一个朱秀海吗，他是不是最年轻的？我看过他写的东西，让他去！”

部长停顿了一下，注意地看着我。我的头脑仍然一片空白，他仍然不会从我脸上看出多少东西。

“……学习团明天早饭后就到军区第四招待所集中。明天早上不要吃饭，我让赛秘书带车送你到那儿吃饭。今晚你就要做好出发的准备。”部长说。

老人凝神望着我，他不再说下去了，他在等待我的反应。可我仍然没有说出一句话来。我甚至没有意识到部长已经讲完了，现在应当我说点什么了。过了一忽儿，部长可能感觉到了什么，再次用鼓励的语气开了口：

“怎么样，你有什么想法吗？”

我自己都没想到，这一刻我的思绪会一下跳到一件事情上去。

“部长，我们要跟 ××× 军开到哪里去？”

部长抱歉似的苦笑了一下。“暂时还不知道。包括 ××× 军要行动、军区组织学习团等等，我也是半小时前才知道。其他的消息一概不知。明天早上你去四所报了到，知道的事情肯定会比我多。”

我仍旧一动不动地坐着。我得承认，直到此时，内心中的一种强大的力量，仍然在阻止我走进那件事里去。

“就要去打仗了，你还有什么话要说吗？”部长最后说了一句。

我怦然心动，过去十几分钟内一直关闭的心灵被猛撞了一下。我望见了部长的眼睛，我忽然设身处地地替他想道：这个下午，在他派赛秘书带车去接我来前的一段时间里，他连开灯的事也没想到，一直坐在这个洞穴似的办公室的深处紧张思考的并不是他刚刚对我说出的那句话，但他也明白，只要这句话一出口，我就一定能明白他说出这句话的全部意义。

事实上，我也马上就明白了这句话的意义。

这是一句潜台词。这是部长代表军区文化部为我送行。部长的话让我想到了下面的一些话：我们可能再也不能见面。我希望你能把自己生前认为最重要的话说出来，留给我们。

——你要上战场了，还有什么事需要交代给我们的？

如果我比那时的我更勇敢、更强大，不，哪怕当时的我更聪明一点，就会明白部长在讲完了他要讲的那些话之后，一定期待着我能在这种时刻——作为一名即将出征的军人——说出一句会令这个久经战阵的老军人热血沸腾、老泪纵横的话来。它应当是一句任何人都可以无师自通的豪言壮语，比方说："部长放心，我坚决完成任务！"或者："谢谢首长对我的信任！我是军人，只要是祖国需要，我随时准备为国光荣牺牲！"

但是那一刻的我不但不比今天更勇敢和更强大（当然也不比今天更怯懦），也不比今天更聪明，我理解了部长最后一句话的全部含意，但这些含意带给我的只是猝然一惊。片刻后，我仅仅很窝囊地说了下面的话：

“没有。我没有什么要说的了。”

谈话到此结束。部长站起来，我也随老人站了起来。

“那好，”部长说，“让赛秘书把你送回去。现在机关还没人知道这件事，走之前要保密。”他一边说一边拉着我的手向门口走，最后在那里站住了，重重地握了一下，松开了，“打完仗回来见！”

“再见！”我说。

赛秘书还在楼门外等着我。我出了楼门，上了仍然等在台阶下的伏尔加。我这才发觉一天都没落下来的雪终于落下来了。营区的水泥路面上、两侧的草地和树林中，已经铺上了厚厚一层雪花。

车载着我从部办公楼前开出，直到回到我住的单身宿舍楼前停下，浮现在我脑际的竟然不是部长刚刚谈的事，而是这无处不在的银白的雪。

赛秘书一路上没跟我说一句话。但我下车后，他要带车走了，却和我重重地握了一下手，很凝重地说了三个字："多保重。"

这时我明白了。眼下部里知道我要去打仗的已经有三个人：部长、我、老赛。

天已经黑透，与我同一宿舍楼的单身汉们都已叮叮当当地提着碗，穿过外走廊，走向饭堂。住在一楼的两对中年夫妻也在自家经过改造的厨房里升起了炊烟。雪还在下，楼前的路灯亮起来，灯光下的雪花变成了一粒粒晶莹闪光的霰子，随风狂舞。我仍然没能去很好地想那件已经发生并已被确定的事。我置身的仍是原来的世界，我照例在这样的时间里听到了楼下女孩子的钢琴声，二楼尽头新婚夫妇房中那台九英寸日本电视机飘出的音乐。住在我隔壁的一位报社的青年画家从我身边走过，没忘招呼我一声：吃饭喽！我点点头，甚至还向他笑了一笑。随后我打开了屋门走进去。我的房间里静悄悄的，房间里仍然是两个月前报到时单位配发的那几件营具，桌上还摊开着那篇下午没写完的东西，旁边是我上午刚刚从单位图书室借来的一套两本周扬译的竖排的《安娜·卡列尼娜》，都还没来得及打开。我开门进屋是因为我回来了，同时也是因为现在是吃饭的时候了，本应去饭桌上取碗筷走进饭堂，却在走进房间回手关上门的那一刹那站住了。还是我已经熟悉的房间，但其中的气氛却不大一样了，吃饭的意念一闪就消失了，我没有想那件事情。事实上是我仍然不知道该怎么想它。我关上门。外面的种种音响一下就小了，似乎突然消逝了，是我的意识主动屏蔽了它们。我有一种正在进入深水区的感觉，并且已经从水面上走到水下来了。我站在那里，不知过了多久，也许两分钟，也许只有一秒钟，就越过那件事直接回应了刚才心里闪现出的一个思想：我现在该做些什么？几件要做的事就像水草相继快速从暗黑的深潭里浮到水面上来一样在我心里浮现出来。我想到明天要去四所报到，应当打个背包，将随身带的物品收拾到军用挎包里，忽然又想到明天部里会派车送我走，就不用按步兵行军要求打背包，只要把被子、褥子、床单、衣物放在一起，简单地打一个背包就行了。我还想到走时要换下脚上这双部队发的皮鞋，换上解放鞋，因为它更适合行军，同时还要再带上一双解放鞋。凌乱地想到这一切，猛地又醒悟过来：眼下还不能打背包，我还要在这个房间里再住一夜，打背包出发是明天早上的事。这一刻，我发觉自己竟然无事可做。

我就要出发去打仗了，可这个夜晚，竟然发现自己无事可做！

我在书桌前坐下，随手清理了一下面前的稿纸，马上淡淡地想我可能再也不用写它了，还有那上下两部的《安娜·卡列尼娜》，也读不成了。我还是没有想到去吃饭。不是不想吃或者吃不下，我完全把它忘了。我坐着，仍然没有去想那件事。可我就要想它了。想到的是部长最后说的那句话，也不是这句话，而是我自己那一刻的表现。现在我忽然想到，部长说完那句话后等待了几秒钟，他也许是要等待我在出征前说几句视死如归的话，那样他心里就踏实一些，事实上方才我在受领任务后并没有给他一个自己的态度。我没有说出那样的话。不是我不想说，是我没想到要说。如果让我事先有个思想准备，我是会说的，但现在已经晚了。我为自己感到一点惭愧和愤怒了。我没有说出那样的话，也许包括部长和政治部首长在内，都会因此感觉到我是不是胆怯了。我想到，我可以不显得过分勇敢和坚强，但我也不想在走上战场之际让别人觉得我被吓坏了，因为我也并没有他们想象的那样怯懦。

屋外走廊上已经有人敲着碗走回来了，他们的晚餐已经结束，我仍在自己的房间里坐着，这时忽然强烈地感觉到没有人注意我。住在我隔壁的青年画家走过去了，车队的几个战士也走回来，不知为什么事又走了出去。就在这时有人敲门喊我，随后门被推开。进来的是部里的老焦，他也是我们单身汉队伍中一员。他是文体干事，兴高采烈地递给我一张票，说："今晚上军区体工队篮球馆有球赛，咱们和 ×× 军区争冠军。走，看球去！"我看着他，还是那样热情，那样快乐，我又回到水面上来了，我觉得自己没有任何理由拒绝他。我仅仅迟疑了一秒钟就站起来，拿上雨伞，跟他一起走出去看球。

走到外面才发现雪下得大了，马路中间依然车水马龙，没有积雪，只有融化的雪水，路边的积雪却已经有了厚厚的一层。出了宿舍院我和老焦先是沿着何家垅通水果湖的路向东走，再向左折向中南路，一路走向军区体工队大院。和我们俩一路的还有部里的几个同事，一路上大家叽叽喳喳，为今晚的球赛兴奋不已。老焦一直在说这一届由武汉军区承办的全军篮球赛中的花絮，主要是说我们军区队的大吴（军区篮球队的主力中锋）如何了得，武汉军区篮球队又如何了得，不然如何能拿下两届全国冠军。受大家的感染，我也说起篮球来，在今天的事发生以前，我也一直认为自己是个篮球迷。但是谈着谈着，我的谈兴就下去了。我的心一动：我要上前线了，他们还都什么也不知道呢！

我们到得并不早，刚刚坐下球赛就开始了。我看到了大吴，身高2.25米，据说全国只有穆铁柱和他身高相等。我一直逼自己坐着，认真地看下去，可是我也一直没有看清楚和我们军区篮球队对垒的另一方是谁，我只觉得赛场上锣鼓喧天，观众情绪热烈。忽然不知为什么比赛停了下来，好半天才明白是两方队员间发生了争执。再后来比赛又开始了，对方把比分追上来，军区队连投不中，打得很糟，教练叫停，换人，比分又超过了对方，场边的观众又喧闹起来。我很想看明白这场比赛，和别人一样欢乐，进入篮球馆改变了我置身的环境，我已经不再想那件事了，可是不知为什么，我就是没有看进去，只觉得耳畔所有的人都在发出雷鸣般的叫喊。我一点也不明白他们有什么理由这样叫喊。忽然不想再看下去了，我对老焦说了一声：你们看吧，我走了。就走了出去。我没有回头就知道，老焦非常惊奇地看了我一眼。也就是一眼，就又回到赛场上那种狂热的气氛里去了。

走出人声鼎沸的篮球馆后我仍然没想那件事。只是猛然觉得和场内相比，场外太静了。雪下得大了，没有风，雪花从高空中纷纷扬扬飘下来，穿过一团团黄亮的路灯光，急急地砸到湿黑的柏油地面上，一转眼就化成了水。偌大的室外训练场上，一个人也没有。我走出体工队大门，走上中南北路。路上人已经稀少了，偶尔有一两个骑车人披着带头套的塑料薄膜雨衣匆匆从人行道边上驶过。倒是马路中间的电车、公共汽车一辆接着一辆，像是发生了什么意外事故，它们都忙着一起赶过去似的。我走到正在建设中的中南电讯大楼工地，还是没有看到一个行人。

前面就是武珞路和中南路的交叉口，往东走是水果湖省委机关，往西走就是武汉军区。我找到了人行横道，穿过马路，向西走进武珞路。我没有想到要停下，却停了下来。

我想到那件事了。不是那件事本身，是另一件事。我突然抬起头，望见了一直向西高高低低延伸而去的武珞路。即使在雪天里，马路两侧的路灯光仍然一片璀璨，如同两条灯火的长河，随着地势起伏曲折，一直向远处延伸。我看不到它的尽头，却又像是看到了它的尽头，它的尽头就是那将武昌和汉口、汉阳分开的长江。14 路和 19 路公共汽车一辆接着一辆，在起伏不定的灯光之河里咣当咣当地驶过。或者驶向江边，或者驶向水果湖或者中南北路。雪下得更大了，马路两边的雪高高地堆起来，两旁的树木也被大雪覆盖了。我终于看到了一个行人。一个男人，一副心事重重的样子，全身裹着一袭黑色胶布雨衣，只露出一张被雨水打得湿漉漉的黄巴巴的瘦脸。我还看到了几个骑自行车的妇女，她们在窄而湿滑的马路边上紧擦着颠簸摇晃得厉害的公共汽车行驶，很容易摔倒，被轧在车轮之下。我的视野扩大到了公路两侧的围墙，军区大院的围墙，一边是办公区，一边是生活区，生活区的围墙不高，后面是一幢幢宿舍楼，每一幢楼里都有许多扇灯光明亮的窗子，在风雪和城市公路震耳欲聋的噪声中，所有这些窗子和窗子内的生活都在这一刻突然显得静谧、安详和幸福。我立足的地方是我已经熟悉的，这里夜晚的街景也是我已经熟悉的，今晚却让我陡然为之心热，并且模糊地觉得它在我的视野里与过去完全不同。我明白那不同之处：过去它是别人的，也是我的，但是现在，我却明白它仍然是属于别人的，却不再属于我，我与这座位于长江两岸的繁华而喧闹的大都市，与这座大都市终日热火朝天的生活，不再有任何关系了。我人还在这座城市，却已被一只看不见的手从这座城市、从我眼睛还能看到的生活中孤单单地分离开去，也许永不回归，今晚就是我在这座城市的最后一夜。我明白了今晚我为什么在篮球赛观众席上坐不下去的原因，那是因为，无论是热闹的球赛、场上队员的冲突，还是场外观众的激动与喧嚷，都与我没关系。它们都不再属于我了。属于我的只有战争，还有可能的死。我的心咯噔一下疼了。

一点一直没有打破的东西，在我心里突然玻璃器皿般被打碎了。**那件事**忽然变得简单了。我回到宿舍，想也没想就做了几件事情：首先，留下了三封信，一封给父母，告诉他们我就要去打仗了。如果我牺牲了，请不要太伤心。以后也不要再记挂我。另一封留给领导：如果我牺牲了，请将我的个人物品按我写下的地址转交给我父母。第三封信写给她：我们认识的时间不长，但我对你的爱是真诚的，如果我牺牲了，请你忘了我，愿这封信成为对你一生幸福的祝福。其次，我整理了行李，将明早要带走的东西归置在一起，保证能在起床后五分钟内打完背包出门。最后，我在桌前坐下来，想到应当把房门钥匙留下来，明天关上这扇门，一段时间内，我就不再需要钥匙了。我把钥匙掏出来，放到桌面上，和别的物品分开，让后来的人一进门就能看到。在另外一个醒目的地方，我放好了写好的三封信。我想，可以了。我站起来，想到再没有什么要做的事了。

我没有洗漱就上了床（我把口缸牙刷收拾进明天要带走的军用挎包里了，不想再打开），却很久没有睡着。我什么也没有想，却一下就想到了：这是我在这张床上睡的最后一夜了。

外面看篮球比赛的人回来了，楼上楼下，门外走廊里，到处是咕咚咚的脚步声，依然沉浸于兴奋中的男男女女在对话和叫喊。这幢楼上只有我一个人出征。这幢楼上也只有我一个人知道只有我一个人出征。我想。忽然间，我的心隐隐地疼起来。

我没有想到我会睡着，可后来还是睡着了。尽管在梦中，我仍然在想：这样一个夜晚，整幢宿舍楼、这座城市、这个世界，都太安静了。它们不该这么安静！

第二天早上，我照着部长的嘱咐，没有吃早饭就坐上赛秘书带来的车，去军区四所报了到。出发之前，我在再三犹豫之后，还是带上了那套上下册的《安娜·卡列尼娜》。我是很久之后才弄懂了自己当时的心思：虽然已经告别了和平生活，但仍然用这样的一个活动，保留自己对于和平生活的最后一丝眷恋。

当天上午全团召开第一次会议，我终于知道了我要去哪里打仗！

三天后，即一九七八年十二月二十四日晚上，十一点钟，我们学习团一行二十余人，坐上大轿子车，离开四所，赶往武昌火车站，登上了×××军开往前线的军列。

一九七八年十二月二十七日，我们到达广西前线边境集结。一九七九年二月十七日，中越边境自卫还击战打响。当日我就上了前线。

在战前的一段显得极为漫长的日子内，我一边准备参战，一边在思考一件事：我是怎么走过那潭我一开始根本不想看一眼的深水的？战争打响的那个早上，我想明白了：就是因为那个夜晚，我站在武昌武珞路和中南路的交叉路口看到的那场大雪，连同大雪背景中一扇扇明亮的和幸福的窗户。那一个夜晚，我向生，向所有过去和未来的日子，告别过了。

战争持续了二十七天。在这短短的二十七天里，我一直跟随战斗在最前沿的部队前进。我曾在战争打响的第一天夜晚和一名部队的宣传干事同第一线的连队坚守在距敌占高地只有一百米的十六号高地上，望着不时飞来落地爆炸的炮弹打燃起的一丛丛火光，闲庭信步一般畅谈儿时的旧事，直到第二天拂晓才昏昏睡去，醒来却发现守在阵地上的连队早已撤出了这个高地，只剩下我们两个人守在阵地上。我也曾在第一阶段转攻为守时与一线连队守在六一二高地上的猫耳洞里，一边听着夜间敌人一个师将要来袭的敌情通报，一边平心静气地凑在一小截烛光下阅读《安娜·卡列尼娜》，准备着当晚与强敌做最后一战（慑于我军的强大，敌人当夜临时退缩，于是这场战斗就没有真正发生）。我还曾与著名的战地记者李启科及另外五名师机关的参谋干事共七个人守卫过一座刚刚被占领的敌方县城，在这一夜里我们人手一枪，把守我们栖身的那个巨大的物资仓库的一个窗口，听着彻夜的枪声直到黎明。在最后一夜，我和师工兵营运送炸药的汽车在一起，夜里就和两名司机睡在装满炸药的车厢里，而这时我们的周围，正此起彼伏地落下敌方和我方的炮弹，拂晓时还与一支敌方的特工队遭遇，而我居然在一夜细雨中睡得很好，很沉，直到东方之既白。战争总共进行了二十七天，我得说一句话，我的心平静，我的心一直都很平静。

多年之后和一位也曾参加了那次战争的老战友闲聊，他对我说出一个秘密。他说：当时我们师机关的一些人，都对你在战争期间一直坚持跟随一线部队打仗感到非常惊奇。大家说：我们就是这个部队的人，上前线打仗是分内的事，你到底是军区机关下来的，完全可以一直待在师的后方指挥所里，每天听听战况介绍，也就可以了。你没有必要一定要和我们一样去和敌人拼命。他的话让我悚然一惊，我这时才知道他们居然是这样看我在战争中的经历的。回过头来想，我发觉我之所以会那样做，一个最不愿意为外人道及的原因就是：我已经告别过了。战争打断了我的和平生活，我在战争中那么做不但是在履行一名军人的职责，也是因为它当初是那样深地惊动和伤害了我。在它面前，我不想退缩。

二〇〇三年二月十七日，我去军委办公大楼拜见一位首长，当年就是他率领 ××× 军的一个主力师上了前线，并立下了赫赫战功。握住我的手，首长第一句话就说：

“二十四年了！”

我一开始不明白他在说什么，但是转瞬之间，我听懂了，他在说一九七九年二月十七日打响的那场战争。

多少人忘了那场战争，可是他没忘！

就是这一刻，这位在战场上以他的大智大勇感动过我的首长，再一次以他对于那场战争和战争中牺牲的人怀有的深情感动了我。

两个月后我去了武汉，重新站在武珞路和中南路的交叉口上，望着依然车水马龙的街景，我对一位陪我采访的朋友说：

“就是这里。二十四年前的一个夜晚，我在这里！”

他望着我，一点也不明白我在说什么。

我想告诉他我在那场战争中的经历，我甚至还想告诉他，即使置身于一线阵地的猫耳洞里，听着枪声，身边燃烧着战火，你仍然可以读书。我就是在那样一场战争中，读完了一部叫作《安娜·卡列尼娜》的小说的。

可是我什么也没有讲。

二〇〇四年六月

那年春节在边境

——一九七九年春《出征日记》一则

一九七九年一月二十八日，广西崇左江州。大年初一。

昨晚隔壁战友的扑克一直打到一点。我躺在床上，听着一阵阵的喧闹声，睡不着。十二点，镇子就开始响起鞭炮声，开始稀疏，渐渐稠密，响成很有气势的一片。即使面对战争，新年还是新年。打扑克的人停下来，出门放炮，大家相互恭喜新年，我也走出去。夜空漆黑，远远近近的鞭炮声趋于沉寂，但仍有点点的新年焰火升起和落下。人们又回到屋里，不停地打哈欠，终于困了，又坚持了一个钟头，便散了，睡着了。我回到屋里，渐渐睡着。

早上醒得很迟。外面，文化科广播员厉巍已在放“开门炮”。我起了床，头痛，却也被弥漫于大家脸上和心中新年的喜气感染了。

早饭后，师政治部张主任从前线回来，说两个侦察连已上了前线，我的心里一顿：已经有部队上去了，战争和牺牲已经开始……

今天是两顿饭。午后包饺子。三个女兵带来了巧克力、糖、酥饼，并和大家一起包起饺子。男人的手都笨，女孩子手巧，结果包得百花齐放，大家相互取笑。科长为了款待女兵，也为把年过得更热闹一点，让小厉去买了一瓶汾酒，并让李干事去找菜，电影队长去找香油，他自己去搞蒜苗、荆芥。李干事去炊事班搞白菜，顺手牵羊搞了一块生肉。这时发现没有醋，又派人去搞醋；没有酱油，派人去搞酱油。一次又一次，把炊事班搞火了，只好把女兵们一个个派出去，又一个个得胜地拿着搞到的东西回来了。科长亲自动手做凉拌白菜心，又切肉，让管体育的李干事洗蒜苗，准备做蒜苗炒肉丝。

房间里响着《白毛女》《朝阳沟》的音乐，门前用石头架起两口锅，一口大黑锅里煮水下饺子，另一口小的炒菜用。我负责烧火。这时又发觉包好的饺子不太够，两个女兵又动手和面，用一节甘蔗当擀面杖擀饺子皮，管宣传队的李干事和另一个据说是过去在《朝阳沟》里唱银环的女兵包饺子。饺子包完了，擀面的女兵放下擀面杖去和面，李干事坐着等，不知不觉拿起它放进嘴里啃。过一会儿女兵端着和好的面进来了，到处找擀面杖。当然她们找不着。她们问李干事："擀面杖呢？"李干事想不起来了，朝外面喊："你们哪个小子把擀面杖吃了，还想不想吃饭？"突然他不吭气了，头一低，笑了。女兵还在追问："刚才你拿去了？""我吃了。"他低声说，引起一阵哄笑。

晚饭四点钟就开了，汾酒，饺子，凉拌白菜，两大盘蒜苗炒猪肉，炸花生米、辣椒，菜是科长动手炒的或拌的。大家用自己的口缸盛酒，然后碰杯，祝贺新年，开吃，风卷残云一般。女兵们忙了几个小时，吃的却很少，只是抿着嘴看着这些男人大嚼。饺子包得不少，以为吃不完的，可到了最后，竟一个也没有剩下。

前天全师大演习，瞄准第一仗，找到了一块与前线极相似的地形，一夜冒大雨奔袭百余里，拂晓投入“战斗”。演习结束，师长讲话，说这是战前最后一场演习，过几天就是第一仗，大家就照着今天演习的路数打就成了。军长讲话：你们师长都把你们练成这样了，再打不赢，你们就是饭桶了。

师政治部的除夕联欢晚会由王副主任主持，让大家自己出节目，说谁都得唱，不唱就说个笑话，谁不说都不行，老驴拉磨，转着来。他先唱了一段京戏《扎红头绳》；文化科李干事（上海人）用上海话唱了几句评弹《蝶恋花》；一位家在湖南的科长要唱花鼓戏，没唱起来；王秘书讲了个笑话，说一个戏迷掉到井里，还要救他的人唱着和他说话。轮到干部科张干事，大家起哄要他唱豫剧，他也是河南人，推托不过，站起来说，大家这么看重我，但我今天嗓子不好，唱不了，我就念一段豫剧《花木兰》的唱词吧。说着，他真的一句句念起来：

花木兰羞答答启禀告上
尊一声贺元帅细听端详
花木力本是奴家的弟
我本名花木兰是个女郎

小厉讲了一段故事。王翻译也唱了一支歌曲。大家主要是吃花生和甘蔗。后来见老也不热闹，王副主任就说：好了，我看你们也不是来唱的，你们就是来吃的，叫谁唱谁都扭扭捏捏，装得个小媳妇见公公的样子，吃起来一个个猪啃玉米棒子似的，谁也不愿吃亏。……好了，谁那儿东西还没吃完，抓紧吃，吃了散！这话一出口，屋里就乱了，吃完自己面前东西的人就到处乱找，找到了花生糖块就往自己口袋里塞，乱完了有人一本正经地报告王副主任：副主任，都吃完了，散不散？王副主任：散了吧，别耽误你们打扑克！大家就嘻嘻哈哈解放似的散了。

军中无所乐。吃过早饭隔壁文化科和群联科的房子里就摆开了扑克摊子，一直打到中午。我和打扑克不积极的鲁建华、孙凤让、连俊义干事等在江州大街上一阵乱走，说笑话。

下午，政治部进行第一仗的战斗分工。一、由宣传科崔科长、组织科黄科长、文化科黄科长分别带人组成三个工作组，于战斗打响时随三个主攻营穿插到敌后一起行动。二、师政治部组成前指和基指。张主任带人组成前指，争取和师长的前指一起行动；王副主任带人组成基指，和董副政委领率的师基本指挥所一起行动。三、以群联科范科长、王翻译、文化科厉巍成立战俘营，准备接收战俘（考虑到可能会接收到女俘，决定到时从师医院借调两名女护士来帮助管理战俘营）。四、出版A师战争年代出版过的战地快报《挺进报》，任命宣传科最年轻、写字最漂亮的连俊义干事为主编。

会议结束，所有人员各有所属。我的位置在基本指挥所。会后我向张主任提出要求，和他一起去师前指。张主任迟疑一下，十分干脆地拒绝了我：“不行。你是军区的人。没有上级命令，我不能让你去前指。”一点通融的余地也没有。

后来王副主任和宣传科鲁、连、孙干事也知道了我的要求遭拒的事，劝我别在意：“在哪里都是参战。”他们轻松地说。但战斗打响后他们的位置都比我好——都在前沿，似乎只有我一个人被留在基本指挥所里无所事事！

一整天满脑子都是出征那天夜晚在车站等候发

车时下定的决心：既然让我参与战争，我就要一直留在前沿，参加战斗。我要走遍战场，看到一切、感受到一切并且记下一切！这是我的职责，同时也是今天涌满我生命的全部渴望！

如果不让我跟部队走进战争，让我在后方无论哪里做一个闲人我都不会拒绝，可今天让我上了战场，所有人都要遭遇枪林弹雨，承受苦难和死亡，却让我做一个闲人，我就不会答应了！

军区政治部首长不是让我到战场上做一个闲人。我不会放弃我的要求，就是不能去前指和师长在一起，也要走进战争去，看到一切，经历一切！

现在还不是说出这话的时候。毕竟战争还没有打响！

继续读《安娜·卡列尼娜》。书是一个月前出发时装进挎包里的，越来越觉得它是我和和平生活的最后一线联系。师长要求机关安排工作到下个月五号，也就是说，最早八天以后，就是战争。

最后的八天里一定要读完上下两册中的上册。然后就不读它了。不可能读完它了！

夜已很深了，突然从镇北石桥上传来了轰隆隆的声音。一天都高高兴兴的黄科长收敛了笑容，说：

“哟哈，我们还安安稳稳在这儿过春节，人家大年初一还在往前开呢！”

昨夜思念亲人，久久难以成眠。今夜亦然。

想起了一句话，把它记在这里——

不能掌控的是生或者死，能掌控的是尊严。

（作者附记：这篇日记写在一九七九年大年初一深夜，此时我以武汉军区文化部创作员的身份随陆军某师赴边境参战，距离战斗打响只有二十天。转眼三十多年过去了，各位当年的战友，你们都在哪里？还记得我们一起度过的那个枕戈待旦等待战争的春节吗？）

二〇一四年一月十六日又记

正当梨花开遍了天涯

公元一九七九年三月十五日，历时二十七天的中越边境自卫还击作战大体结束，我所在的参战部队在三月五日中国政府宣布撤军十天之后，终于在这一天奉命撤回国境之内。下午五时，我站在距离44号界碑不远的一座用松柏枝紧急搭成的“凯旋门”下，望着从伸向南方异国的急造公路上陆续撤回的我军队伍，身边站着刚刚从战场上撤下来、全连停在“凯旋门”下休息的九连九班班长郝修常。我们俩是同一个省同一地区邻县的老乡，同一年入伍，当兵却不在一个部队，在战场上认识，整个战争期间也并没有太多的机会熟悉起来，是这场正在过去的战争本身让成了真正意义上的战友的我们有了一种亲密无间的情愫。郝修常在刚刚过去的二十七天内经历了怎样的战斗，说实话我也不太了解，但我大致了解这个连队经历的每一场战斗，尤其是最后一场战斗，他们横渡奇穷河，奇袭迷迈山，和兄弟连队一同截断了越北重镇谅山通河内的道路，造成了谅山前线越军战斗意志和防线的崩溃。此刻九连全连都在休息，之所以会在这里休息，一是过了“凯旋门”，自然是觉得回到了国内，彻底放松下来；二是他们没有接到新的命令继续往哪里去，在什么地方和营部、团部汇合，等等。说是休息，其实是在等待新的命令。我和郝修常说着闲话，但做的最主要的事情是将两人仅有的一支烟掰两截，借了火点上用力抽起来。这是愉快与喜悦的时刻，庆幸我军打了胜仗，自己参与了铸造这些胜利却仍然活到了胜利之日。其中也有感慨，想到了那些牺牲的战友，他们中一些人也是我在战场上刚刚认识的，转眼间就听到了他们牺牲的消息。郝修常在向我这个从军区机关来到这支战功赫赫的部队参战的老乡断断续续分头讲述他们的家庭状况，父母亲人，未婚妻，连同一些他们在战场上的琐事。这样的谈论没有开头也没有结尾，更没有目标，完全是偶发的。对于我身边的这个身材高大、浑身散发着战场上特有的血腥气的男人来说，站在这里和我聊天的主要原因是全连要留在这里等候命令；对我而言，这个时刻站在这里沐浴着夕阳的光辉望向南方，是想在战争结束的这个注定会成为人生重大记忆的下午更多地目睹着部队和战友的归来。我的心情看似并不特别激动——激动的时刻在十天前中国政府宣布撤军命令时已经有过了，但仍然激动，因为这毕竟是我一生中经历的第一场战争的结束，它不是抽象意义上的一场战争的结束，而是许多像我一样亲身参与了这场战争的人的战争的结束。三个月前我们非常突然地被投入这场战争，二十七天前我们进入战场，经历了腥风血雨，今天这一切终于结束了，而且是以我们每个人都切身感受到的胜利为终点的结束。当然，因为有过那些不眠之夜，那些惊心动魄的时刻，更因为有了那些战友的牺牲，这样的时刻里的一点喜悦里仍然掺杂了悲伤，一种为别人牺牲而自己仍然活到了战后的特有的悲伤。

但是这个时刻没等我们抽完手里的半支烟就结束了。从身后的镇子——我永远记得它叫作艾店——跑过来一名团部的作战参谋，在他问清楚停在这里休息的是九连官兵时，立即大声责备他们怎么可以现在就退回来，国界前方两公里处有一座山头现在没有我军部队防守，而山头下就是我军部队撤回来必经的急造公路，他还说这个师仍有部队没有撤回——可能要延迟到夜间才会撤回。他代表某个我并没听明白的上级指挥所命令九连马上赶回到那个山头上执行防御，直到掩护最后一支部队安全撤回。一名年轻军官，看得出来是战场上新提起来的九连连长，向参谋报告说，我们已经撤回来了，据守前面山头并不是我们的任务。这名参谋却不管这些，大声命令连长，即使据守前方的山头原本不是九连的任务，现在因为一时没有别的部队可用，前方山头又必须马上重新占领并驻守，九连仍然必须立即跑步到那个山头上去。连长显得并不情愿，但是军令如山，他仍然不得不用一副很生气的样子重新集合自己的队伍，率领大家跑步离开"凯旋门"，向前方的山头奔去。我几乎是在一瞬间就失去了郝修常，他用一种很无奈的微笑最后与我告别，还招了一个手，就随着全连重新跑步冲出了"凯旋门"，向前方那座隐约可见的山头跑去。

这一夜我仍然停留在艾店。我和部分师部人员住在一所小学校里——不是为了郝修常，是等待车继续后撤。拂晓时分我们摸着黑出门登车，准备撤向一个广西地方政府为我们划定的休整地。恰在这时我们听到了国界线异国一方响起的激烈枪声。我一直没有忘记回到国境之内又被派往前线的郝修常和他的连队，随着枪响第一时间想到的就是他的连队与尾随我军来到边境的敌人遭遇上了。我当然有点为九连和郝修常担心，却又没有过分担心。毕竟是战争期间，随时随地可能发生一场战斗，这不算什么。我安慰自己：二十七天里多少激烈的战斗他都熬过来了，这次也一定能扛住，平安地撤回来。

但我们的后撤行动已经停止。登上卡车的人员全部下车。师长亲自从前方指挥所赶来，亲自下令一支已经准备后撤的火箭炮团重新占领阵地，向正在发生战事的山头以及它的后方展开一场铺天盖地的轰击。九连所在团奉命一个回马枪杀出国境，向拂晓时袭击九连阵地的敌人展开无情的包抄与反击。天亮时战斗就已结束，敌人被全部消灭，九连被接应回到国内，队伍里却没有了郝修常和他的九班。九班当夜被派往全连主阵地前方一公里的山腿部担任潜伏哨，最早与敌人接触。激烈的战斗中，为了将陆续牺牲的战友的遗体带回国内，郝修常和他的其余的战友全部壮烈牺牲。敌人为此付出了惨重代价，后来我军在九班后撤的路途上，惊人地发现了55具被击毙的敌尸，可以想见这天拂晓发生了多么惨烈的战斗。

郝修常战后被中央军委追认为战斗英雄。我的一位战友为追忆他的事迹写了一篇有名的报告文学，在战后的日子里产生了相当大的影响。但像很多牺牲在那场战争中的英雄一样，随着时光流逝，他们的荣名也渐渐像他们的墓碑一样被疯长的荒草所遮没。经历过战争和战后的一切——活下来的我们比郝修常经历得更多，我们还经历了战后对战争和英雄的遗忘，并且习惯了这种遗忘——我们对此并没有抱怨，因为我们知道，对于一个因为一场边境战争而获得了长达三十余年的和平并且迅速发展强大的国家而言，这是值得的。

但我仍然没有忘记郝修常——与其说没有忘记他，不如说没有忘记听到郝修常牺牲的那天早晨在南国小镇艾店看到的一树梨花。

经历了清晨的一场凌厉的复仇式的反击战斗，我们的后撤继续进行。我们重新登上卡车，离开了那座叫艾店的边境小镇。就在这一刻，我在路边看到了一树盛开的梨花。树很大，显然是一棵百年古树，但是我也一直怀疑——三十多年来一直怀疑——生出这种感觉完全是因为那天早晨在离开这座小镇的一瞬间在这棵树上看到的梨花太繁密、太厚重、太具压抑感。它们仿佛是特别地为了一个秘密突然在这个清晨盛开了，一树雪白，遮天蔽日，令人目眩，惊心动魄。

接下来——你能想到的——就是突如其来的悲伤，猛然地——像重拳击中了胸口一样——袭击了我。

为已经撤回国内又重回战场终于牺牲在异国的我的战友、老乡郝修常悲伤。

真实地觉得这树梨花就是为郝修常和他的死去的战友突然在这个早上盛开的。

随着后撤的车队离开艾店，这个一瞬间形成的惊人的意象似乎——只能说是似乎——消逝。一天之后部队撤进广西腹地邕江边上的一座小城。黄昏时车队驶过一座古老的城门，蓦然间——几乎是撞上的——我又在城内一户人家的庭院里看到了一树盛开的梨花。它们像我清晨在边境小镇艾店看到的那树梨花一样繁密，一样厚重，一样雪白。

我的心再次受到了重击。我再一次想到，它们是在为郝修常的牺牲盛开——在我们到来之前当然不是，但是随着我们的到来，它就是了——一定是！

四月初我随同军列回归当时的军区机关所在地武汉，一路上不停地在不同的城市和兵站上看到盛开的梨花，听到那支俄罗斯二战时期的歌曲：正当梨花开遍了天涯，河上飘着柔曼的轻纱……同行的战友对我解释，我之所以会从南到北一路上不停地看到刚刚绽放的梨花，是因为由于南北气温的差异，梨花也正由南方一路向北方开放。

进入军区大院，果然，我第一眼又看到了一树一天前刚刚大放的梨花。

我几乎已经不再为沿着祖国辽阔的疆土由南向北开放的梨花难过了。可是五月初，我因为一部稿子来到北京的一家刊物，又在中山公园和劳动人民文化宫里看到了一树树刚刚绽放的梨花。同行的人告诉我，今年北京天气冷的时间长，梨花开放得有点晚，但也并不是十分晚。

我知道我胸中像泉水般猛地涌上来的悲伤来自何方。我有点难以自持。可我什么也没有向他解释。不需要解释。另一个更深刻的打击来自内心的直觉：我不知道该如何向他解释。

时光荏苒，战后的岁月在延伸，关于战争的一切都在淡去，包括在我自己的心中。譬如说，我现在已经能平静地观赏每年春天北京城内外盛开的梨花，随时随地听完那支名为《喀秋莎》的俄罗斯歌曲了。

但是我知道，我仍然没有忘记郝修常和那场战争。

几天前和几位当年一起上战场的老友重逢，喝了点小酒，自然话题又回到了战场上。就有人感慨：三十四年了呀！可是忘记了吗？忘记了，但又没有忘记。

我想开口，却又止住。我想说我们正在进入老境。可直到生命终结的那天，我们真能忘记郝修常和那个黄昏吗？我不知道。但我真正想说的是，会的，每天都会忘记。但我们的余生除了每天的日子外还有一颗心，我们的心，它是不会忘记的。

二〇一三年十二月一日

一个人的车站

车站不大，认真说起来都不能说是一座真正的车站，事实上它也就是一所并不出名的兵站的组成部分。以后想起来，除了铁轨，它的什么都和一相关：一道站台；一条地下通道；一块标示牌（上面标示着兵站的名字）；一盏站台灯——也许还有一盏，但那天夜里坏了；因为并不承担迎送普通旅客的使命，它也没有一般车站都有的候车大楼和进出站口。最后就是那座售货亭，也是孤零零的一个，意外地、异常突兀地耸出在那条长得有点儿荒凉的站台正中，如同一个刚刚拉开大幕的舞台上仅有的道具。

现在想来它的出现其实是可疑的。一定是那些日子突然在这座兵站多起来的军列让它的负责人觉得，为了更好地给军列上那些匆匆南下的军人最好的服务，应当临时增加一座售货亭，万一有人登车时忘记了带牙膏毛巾之类的日用必需品，他们就可以在军列停靠加煤补水下车就餐的短短半小时内到售货亭购买。同时他们显然也不认为会有太多的生意，于是就只在售货亭里安排了一名女售货员。

那天夜晚发生的事情有点诡异。我们的军列头天深夜从武昌车站发车，经过一天一夜的行驶，第二天晚上十点钟才轰隆隆地开进这座兵站。我的印象直到今天仍然清晰。隆冬时节，虽是南方，却是一幅北方冬日大雪将至的景象，厚得如同翻卷的棉被般的云层低得就要压到人头上来似的。军列停稳后我第一眼看到的就是师长带着一名作战参谋站在站台上——师长好像是跟我们一起出发的，但为什么他能比我们早到，我一点儿也不清楚——列车一停稳马副师长就跳下去了，他跑向了师长。在依旧发出巨大声响的蒸汽机车的轰鸣声中，我们只听到师长对马副师长说的那句话：全体下车，马上开饭，半小时后发车。回头就是一声长长的嘹亮得有点凄厉的哨子响，整个站台立马就布满了下车的士兵。那年月我们习惯于用“呼啦一下”形容事情发生之快，随着“呼啦一下”，全师官兵下了军列；接着“呼啦一下”，站台上的兵又不见了，全都拥向了车站下方的兵站——其实是兵站如同广场般大小的饭堂；又是“呼啦一下”，这些人就风卷残云一般把兵站刚刚为两个师准备的饭菜吃光了，连大汤盆里的汤也一点儿没剩下。后一个“呼啦一下”显示出了这支部队的训练素质和战斗作风，不但上车快，下车快，走路快，吃饭也快，到了战场上，事情还表现为拉屎也要快，不快就跟不上前面跑步前行的队伍，哪怕是像何志豪一样出发时吃了没煮熟蒸熟的饺子，一路都在拉肚子也不行。但是大家都说，事实上那天晚上两个师的饭被我们一个师“呼啦一下”就吃光了，还因为一到饭堂就听到了一个消息：后面又来了一趟军列，他们也要到这个兵站吃饭。打歼灭战是我们师的传统，怎么会给他们留下点什么呢？这最后一个“呼啦一下”的后果是晚到的那个师负责指挥全师下车就餐的副师长大怒，下车进了饭堂不到两秒钟就像被火燎了屁股一般一拧身重新跑回了站台，对着我师负责指挥大伙吃饭后重新登车的马副师长大吼起来：“你们是什么部队！你们抢饭，什么作风！”事情发生时我们刚刚“呼啦一下”吃完饭回到站台，准备上车，于是就看到了下面的一幕：

我仍然是新兵，以为马副师长会为此事稍感尴尬，没想到他老人家却只是气定神闲地向对方那位脸红脖子粗的副师长瞅了一眼，一笑中带着些许轻蔑和同情，道：“哎呀，你们是什么部队呀？饭都吃不上，还打什么仗！”对方一下就被一整个馒头塞进喉咙似的，噎住了，白眼翻出来，做出了这种时刻唯一能做的事情——用一种无可理喻的震惊神情看一眼马副师长，开口骂一句：“你们是土匪！”转身拂袖而去，大约是去寻找兵站领导，要求为他们重新开饭，而这时我们师的军列已隆隆启动，继续风驰电掣般地驶向暗夜中的南方。马副师长手抓车门把手上车时回望兵站内乱成一团的某师部队，再一次对他们表示了同情：“这下他们的军列要误点了。这样的部队，饭都吃不上，不行的。”

在这种“呼啦一下”下车、“呼啦一下”吃饭、“呼啦一下”上车的紧张气氛中，没有多少人会注意到车站一侧站台上存在的一座不大的售货亭的。我所在的那节车厢里，只有师部的广播员小厉下去那里买回一包零食。小厉还只有十八岁，上了军列还在背英语单词，等着将来去考郑州大学的考古系，幻想着哪一天从一个什么人的墓葬里扒出一堆甲骨文来。但这个基本上还是个孩子的人到了战场上却成了我师的俘虏队长，负责看管战场上抓住的对方。这件事情终归受到科长的批评：“时间这么紧，不赶紧去吃饭，到处乱跑，万一军列开了，把你甩下了，哪儿找你去！”小厉瞪着眼睛笑着说：“科长，你忘了，我吃饭和你在一起呢！你的饭还是我钻进人缝里去帮打出来的呢！”这样科长嗓子眼里就咕嘟一声响，不好再说什么了。军列开行后第一件事当然是重新清点人数，通过车上的自动报话机向马副师长报告，后者再向师长报告：全员登车，一个也不少！师长哼了一声，没有表示什么。马副师长得意地嘟哝了一句：“要打仗，就得这个素质！”大家这时已经开始分吃小厉买的零食，当然少不了要问：“售货员不是个老太太吧？”“漂亮不漂亮？”“漂亮不漂亮？当然漂亮！岂止是漂亮，不过——”小厉还没说完，众人已经发起嚎来，车厢里一片大啸。科长说：“你们这帮小子，能不能说点健康的！要打仗了，把心思都给我收回来！”“科长别打岔，我们还没审完呢，快说小厉，买什么零食，是不是趁着大伙儿都去吃饭，你一眼看上人家，有想法了？”小厉叫屈道：“有我什么事？我就是有想法，也晚了，早有人进去了！”“胡说！”科长问：“谁？谁这么一丁点儿工夫就去破坏群众纪律！登车时刚刚宣布过，所有人员南下途中不得和地方人员接触，尤其是地方女青年。谁这么胆大包天！”众人又是一阵大噱，连师长也从车厢前半部回过头来问：“你们说什么呢，这么快活！”众人静了片刻，立马又发出一场哄堂大笑。我再看小厉，觉得他本来还要说什么，但看科长做出了认真的样子，又咽下去不说了。

那个趁全师下车吃饭偷偷进入兵站仅有的一个售货亭和仅有的一位据说“岂止是漂亮”的女售货员接触的人还是被查到了。不过时间已是部队到达前线，集结完毕，开始战前动员的时候。其实没有人查他，是他自己一不小心说漏了嘴。此人就是何志豪，四连连长，上战场头天晚上吃了没煮熟的饺子，一路拉着稀上了战场。我到的日子浅，不大认识他，后来终于与他相识，竟跟这件事有关。那天在临时集结地，吃过早饭，科长说我们去 ×× 团四连，何志豪这小子又捅娄子了！军列到 ×× 兵站时，他违犯纪律，不去吃饭，偷偷留在车上，等大家下车了一个人到兵站售货亭去见马娟。我一头雾水，就问马娟是谁。科长越发生气了：他老婆！我军南下作战到现在为止还是保密行动，这小子没出息，大家都忍住了，他就这么忍不住，非要看一眼马娟？严肃说这就是泄密！上级要我们去问问！走吧！我们一路走向四连，途中我又问：何连长结婚了？科长说：结婚个屁！谈了好几年，马娟比他小好几岁，不到晚婚年龄，结什么！又叹道：何志豪在这种事上捅娄子不是一回了，去年马娟到部队看他，规定说未婚妻来队，住在招待所，男方去见面，没有外人的情况下，必须开着门谈话。可他就是要把门关上！批了他一顿，他还犟嘴，说：马娟十七岁我就亲过她的嘴，爱咋的咋的！当然骂了他一顿，雷声大雨点小，也没咋的他。于是这一路上我也就捎带着知道了，何连长军政素质双优，不久前在师里当过参谋，师长为了培养他才把他放下去当连长的。科长最后说：浑小子！不珍惜前途，没出息！

我就是那天见到了何志豪，二十七八岁，却长了一脸胡子，显老，但身高体壮，雄武有力。我知道科长和他见面是问不出什么来的，不是他不坦白，是科长一开始就不想问出什么来。科长当班长时他是兵，科长当指导员时他是标兵班长，照惯例说他算是科长带出来的，一个山头，该护犊子的时候科长当然是要护的，但是该骂的时候也是要骂的。科长一见面就骂道：我知道这件鸟事你没干，没干你胡吹什么牛？万一这一仗你打死了，让人家马娟将来怎么处对象？以后给我小心点儿，再干这种没屁眼儿的事我收拾你！骂了一顿，何只是笑，也没说什么，看科长带上我要走，才开口道：别走了，在我们连吃中午饭吧！科长甩给他一个冷脸子，道：我不吃，不给你这个脸！说完带上我就回去了，怎么向首长汇报的我不知道，但这件事到此为止。

后来发生的事情纯粹是民间的了。关键是何志豪的搭档，四连指导员，也姓何，叫何运水，把这个事件转变成了两个老战友间的私房话。夜里两人睡在一间草棚子里，就逼问：出什么事没有？你把人家马娟怎么样了？何志豪就哼哼着说睡觉睡觉。何运水就说你不坦白，我怎么睡得着？这一仗你要打死了人家马娟怎么办？万一有了孩子，你告诉了我，日后我也可以为你和她做个见证，不然人家可就说不清楚了，你们连结婚证也没领呢。据说何志豪被逼到最后也没有承认什么，但沉默就是态度。何指导员也就不再问了。

何志豪牺牲在战争打响的第一天。四连所在团是主攻团，四连是主攻连，科长带着两位科里同志在二营参战，和何志豪一起经历了当天的艰苦战斗。

事实上那场战争真正艰苦的时刻也就是第一天，彼此都是初战，有点战斗力，打过第一仗他们就不行了，一见我们的人就撒丫子跑。三十六年后科长和我们在北京相见，已很见老态的他抓住我的手说：作家，我们要拜拜了，我要去见何志豪了。后来才知道他患了癌，一见面他就用这样的话来吓唬我们，却趾高气扬，好像得了奖一般。刚入席他又说起何志豪，还是开口就骂。说何志豪死就是因为他爱逞能。第一天四连打二号高地，我跟他在一起，敌人居高临下，我们地势低，子弹只能朝天上打，主攻排一时攻不上去，他就急了，抱着机枪噌噌噌爬上一棵相思树，对着敌人就开火。这一击吸引了对方的注意，所有火力都冲着他来了。我忙问何连长不就是这样牺牲的吗？科长生气道，你们都说他是这样牺牲的，我就在他身边，你们知道我知道？我一见他这样就骂他，你他妈快下来，你这是找死！但是他已经扰乱了敌人，主攻排就趁着那一会儿攻了上去。他从树上“呼啦一下”溜下来，军衣上钻了几个眼儿，有一个还冒着烟，他还冲着我龇牙笑！我骂他：你还笑，部队都冲上去了，快上！全连很快上去了，二营也全冲上去了，二号高地就是这么拿下来的。后来有人说，四连根本没怎么战斗，光是早上四十分钟的炮火急袭就把敌人打光了，那是胡扯呢，这都是我亲眼看见的。事后我没有忘记骂他：万一把你打成筛子，马娟怎么办？人家肚里说不定怀了你的种！大家就惊讶，道：科长你这个版本恐怕比较接近真相。科长一听又火了：什么叫接近真相，就是真相！大家就诺诺：当然是真相，可何志豪到底怎么死的？科长沉默了一阵子，仍旧生气，道：怎么死的，逞能死的！打下二号高地，四连撤下来休息，忽然旁边的那拉村响起枪声，师长直接命令四连进村去清剿残敌。我们进了一所房子，搜了半天也没见一个敌人，对方在我们进来时早逃了。可何志豪不放心，说我爬上去看看，说不定在二楼藏着呢。什么二楼，就是木板搭在房梁上，上面可以放些稻谷什么的。我当时真是一把没拉住他，他踩着梯子上去了，砰的一声，他就倒下来了！二楼上果然藏了一个敌人，是跑不及藏进去的，何志豪不上去他铁定了不敢开枪。他就是这样死的！那天我抱着他，舍不得让担架队抬他走，我还在骂他：你这小子为什么要逞能啊，我也觉得上头有情况，可是你这么上去，不是找着挨枪吗？我们可以用别的办法消灭这个家伙嘛！你死了，马娟怎么办哪？你让她怎么嫁人呢？

这场酒喝得不痛快。我是战前从军区下到部队参战的，战后我很快归建，不知道后来事情怎么样了。“怎么样了？”科长说，“能怎么样？战后四连被授予荣誉单位，何志豪评了二等功，名字上了英烈名册。”我说我想问的是马娟，马娟怎么样了？科长生气道能怎么样？开始师里打算让我和四连指导员去××兵站，和马娟的领导谈何志豪的事，确认马娟是烈士遗孀，万一将来她真有了孩子可以享受政府抚恤，但很快就被我老婆骂了回来，说要是人家马娟自己不愿意呢？不管过去他们多好，十七岁就亲嘴，可现在何志豪不在了，马娟却还有漫长的一生哪，你给一个没结婚的女孩子评一个烈士遗孀，你不是害人家吗？我老婆说得也对，可我还是担忧，万一马娟肚子里真留下了何志豪的种呢？我老婆就说万一没留下呢？这样就决定等。但有人比我急，四连指导员何运水先去了那个兵站，结果事情就传出去了，谁都知道马娟和何志豪生米煮成熟饭了。最了不起的是马娟，她坚决拒绝任何人帮助她，拒绝任何人上门提亲（她长得确实漂亮，就是有了前情还是有不少人追求，却都被她拒绝了）。就连何运水也被她赶出了家门。何运水很屈服，不知道发生了什么，后来才知道，马娟真怀孕了，何志豪那一枪打得准哪，不愧是射击标兵。马娟要让自己平静，她下定决心要生下那个孩子。

后来呢？我问，我都有些迫不及待了。

什么后来？科长说，没有后来。后来她干脆从兵站调走了，再后来随着百万大裁军，兵站也撤销了。那地方成了一座新城市的一部分，到处都是楼群。最可怜的是何运水，他战前曾经对何志豪发过誓要照顾马娟和那个可能出生的孩子，现在连马娟这个人也找不到了。何运水后来转业回广东，在深圳开了一家建材城，很赚了一点钱。三十六年了他一年年地找马娟，要完成自己的心愿，都没有成功。马娟人间蒸发了。

没有人再问什么。大家都在想一件事：孩子呢？生下来了吗？长大了吗？马娟后来是怎么带大他的？三十六年后这孩子至少也三十五岁了，他对自己的父亲和母亲的故事，又知道多少呢？

科长最后还是喝多了，眼里溢出泪花说：我这次来北京，特意在 ×× 市下了车，去找那个兵站，没有。看到了一座新建的高铁车站。车站上有好几座崭新的售货亭，就是没有马娟。售货员都是女的，很年轻，个个都很漂亮，没人听说过马娟和她的孩子。三十六年了，马娟也老了吧。

离开餐厅时科长又说：再告诉你们一个消息，上午我刚刚去三〇一医院拿了复查结果，原来我们那儿的医院弄错了，我没得癌症。我还要活下去呢。启程来北京复查那天我对我老婆说，我要死了，我真想马娟呀。老婆就说你想她就找她吧。我说人海茫茫我去哪找呀，说着就没出息地哭了。我老婆也跟着哭了。今天下午拿到结果，我打电话给我老婆，说还能活些年呢，我真盼着哪一天那个孩子会来找我，他都三十五岁了呀，他会问我他父亲是怎么牺牲的，他母亲是怎么回事。我会一一告诉他的。

科长最后把目光转向我：作家，也许我到死都等不到这个孩子。万一是那样，就靠你了。

我说好。

二〇一五年七月一日

海补南沙

——一九九八年的一次南沙记忆

北京以南，直望七千里，见一群珠玉出现于波涛之中，这便是被视为南海明珠的南沙群岛。

失去对南沙的控制，中国的海洋疆土将骤减四分之一，中国通往印度洋、地中海、大西洋的航道就有可能被截断，中国本土就将直接面对来自海上的威胁。

自一九八八年中国海军进驻南沙诸礁后，云涌风卷，转瞬已是近二十年。

有必要讲一下距离。我军在南沙戍守的最远的一座礁是华阳礁。一个北京人谈论广州，感觉已十分遥远，可从大陆到华阳礁，却比北京到广州的距离还要远。从纬度上讲，它比越南国土的最南端还要低一个纬度。

这些年间，将孤悬远洋的南沙部队与大陆连接起来的是海军南海舰队的补给船大队。每隔三个月，就有一条船载着换班的南沙官兵，连同淡水、油料、给养、书信，驶向南方的大海。

大船出港之日，南沙守礁官兵的节日就开始了。

一九九八年九月，我随执行南沙第四十七次补给任务的南运 952 船远航南沙，有机会目睹了这次海上补给的令人惊心动魄的全过程。

九月到十二月正是南海的台风季节。西南季风一天二十四小时劲吹，气象部门随时都会告诉你某某台风正在某海域形成的消息。船过西沙，风愈高浪愈急，从两舷打来的浪头直扑向四层楼高的驾驶台。在船上指挥这次补给的湛江基地司令员薛天培少将告诉我这其实不算什么，也就是六级风罢了，他忧虑的是到达南沙后的补给，这么大的风浪，靠船上的几条小艇实施补给，压力是很大的。

船行至第四天清晨六时，大船驶抵渚碧礁海面。太阳从云丛后面升起，海面上的波涌依旧。从南面墨色而浓稠的海水中，现出一片一片浅淡的蓝，那便是隐没于水下一至两米的渚碧礁礁盘。礁盘一端万顷碧波中耸出了渚碧礁二层楼的白色礁堡。尽管仍有一海里的距离，我们仍然看见了礁堡上空迎风飘扬的五星红旗，连同红旗下像迎接亲人一样迎接大船到来，不停地向我们挥手的守礁官兵。

全船骚动。包括笔者在内的第一次来南沙者纷纷走上前甲板，心情激动地望着这座远在天涯的哨卡。渚碧礁上，此次准备下礁的十八名官兵一起拥上了礁顶，挤在望远镜前，争着要先望大船一眼。一个星期来，他们已经照惯例，里里外外上上下下给礁堡美了容，将它打扮得像个新娘子一样，还摆出了大家在礁上精心培育的十几盆花——为了它们大家付出的劳动以及因此发生的故事值得另外写一篇文章。与此同时他们也收拾了自己的行李，等候着下礁这一激动人心的时刻到来。经历了漫长的守礁孤寂的日子之后，他们此刻有的只是一种心情：快点回到大陆，奔向父母妻儿的怀抱。

虽然海情良好，补给却没有马上开始，因为礁盘上潮位不够。南中国海是一日潮，这一日的高潮位是中午，届时礁盘上将会有二至三米的潮水，小艇驶上礁盘时，才不会搁浅。另一个情况是，这样的高潮位最多只能持续六个小时，全部补给工作，必须在六个小时内完成，对于渚碧礁补给而言，时间十分紧张。

上午十时，清晨船上那种暗隐的欢乐的气氛已经被另一种隐隐的不安所替代。天依然晴好，不过站在甲板上，可以感觉到风势渐强。海面上由大涌组成的棱墙上，开始出现一朵朵大而白的浪花。这是海情开始变坏的标志，标志着渚碧礁海面已由轻浪变成了中浪，但补给行动还是开始了。大船一侧的小艇被起重吊车下垂至与底层甲板等高的位置，船上等待登礁的官兵忙起来，用小推车一车车地将补给物资送上小艇。大船已恢复机动，将正在进行补给作业的一侧避开风浪涌来的方向，这在船上叫作“压浪”，其实是挡浪，给将要下水的补给艇营造出一块较为平静的海面。十一时，加注油和淡水的工作结束，要送上礁的其他给养和官兵们的第一批个人物品也装载完毕。小艇开始一点点地被起重吊车放向底层甲板下面三米左右的海面。海上的涌浪没有加大，相反却好像正在小下去，一度被乌云遮没的太阳又一次从云丛中亮出来，然而这时海面上涌浪墙顶部的浪花已变大了，六千吨的大船开始在巨浪的推动下摇动得厉害。补给没能继续进行，海面上一排排涌浪上面，浪花正在变大变高，大船左右颠簸得更厉害了。午饭过后，大家看到的已是与半小时前完全不同的景象：海面上暗如昏夜，大雨倾盆，可以望见的视界内，一波波的涌浪顶端已不是一朵一朵的浪花，而是雪浪高扬，飞沫如雨。同行的海军作战部的一位同志告诉我：这已经不是中浪，而是大浪了。大船启动，一名指挥组的同志告诉我们：鉴于渚碧礁风浪太大，无法补给，气象部门又预报说以后几天风浪会更大，司令员决心放弃对渚碧礁补给，大船向南，躲开风浪区，对第二个目标——南薰礁实施补给。

大船离开渚碧礁海区时，自黎明起一直守在礁顶望远镜前的官兵中不少人流下了热泪。他们当然接到了首长从大船上发出的电报，明白这么大的风浪下，硬要补给是冒险的。他们也向大船上的首长表示了决心：一如既往地守好礁，直到大船回来。可这个转折对他们来说仍然是突然的，全身每一个细胞都做好了下礁后与亲人团聚的准备的心仍然遭受了一个打击。大船当然还会回来，也许三五天、十天八天，也许要一个月，礁上淡水还可支持一阵子，但食物中大米却不多了。南海的九月，正是台风肆虐的季节，若是台风一直在渚碧礁海域徘徊流连，大船就是想来也来不了，遇上后面这种最倒霉的情况，他们会继续在礁上守多长时间，就又说不准了。

大船高速前行，船在风浪中的摇摆不会低于30° 。下午五时许，我们抵达南薰礁海域。夕阳已没入层层乌云，晚霞却很明亮。漂泊之后，大船仍然摇得厉害，海面上铺天盖地而来的涌浪的顶端却没有了令人生畏的雪白浪花。南薰礁的礁堡在两海里外的礁盘上，白白的一点，那么小又那么引人注目，让一点刺痛的感觉在我心底生出。此刻，船在摇，海面波翻浪涌，天和海也在瞬间变幻着云和水的姿态，唯有它在整个画面中是稳定的一个点，一处风景，一个不变的实在。它的坚定犹如一个决心，一个至死不悔的誓言，一个屹立在海浪和狂风中的微笑，令同行的两位女军医热泪盈盈。

还是由于等潮，还由于南薰礁的礁盘比较短，补给必须在明天清晨的最高潮位进行。

这一夜我睡得不好。我并没有失眠，但我一直在做梦，我的梦总跟一件令我悬心的事情混杂在一处，醒来时刚刚五点，我明白我一直担心的是海情变恶，昨天在渚碧礁发生的事今天会不会重演。我走上前甲板，海风强劲。东方微明，晨曦正从夜色中挣扎出来，海面渐渐亮了。我注意到乌云并没有昨晚上那么厚重，天似乎晴朗了不少，海面上依旧是两米上下的涌浪，但浪花却没有想象中那么大了。我悄悄松了一口气，心里在想：今天的补给也许会顺利？

对南薰礁的补给于上午八时开始进行。礁上的高潮位正在到来，我意识到自己心情突然激动了。同行者都穿上了救生衣，我匆忙地从住舱下到底层甲板，在舷梯出口处遇上了指挥组组长。他说今天海上的风浪很大，就不安排你上礁了。这一瞬间我意识到两层意思，一是我已经在船上受到了特别照顾；二是在船上这些比我年轻的官兵的眼睛里，我已经老了。

船上的起重吊车已经扎扎地响起来，先是一艘，后来又一艘小艇被放下来，船上官兵给小艇加油加水的工作已在进行之中。我成了一个完全意义上的旁观者，心里并不平静。不知为什么，航行途中听到的那些小艇在历次补给中发生过的险情被我面对的越来越高涨的涌浪放大了。太阳从云层背后游出来，阳光刺眼，我站在二层甲板上已经感到灼热。第一条满载着补给物资的小艇被起重吊车放下去，嘭的一声坐在海面上，立即上下跳跃起来，涌浪马上跃上它的船舷，五名艇员立即用一种跳跃式的步伐开始了工作，艇长大声发出一些我听不懂的口令，舵手和机电员启动了艇上的马达。海水一波波打上小艇，而小艇的两舷并没有可以挡住海水的挡板，继续从船上下到艇上的人同样跳跃着步子，在小艇不大的平面的甲板上找到自己的位置，抓住任何可以抓住的东西——盖板的棱角、一颗突出的螺栓、驾驶台左右两侧的护栏等，或蹲或坐或站。艇长又一声口令，已完全与大船脱离的小艇上的马达的吼声突然加大了，它调头驶向大海，立即就在两米上下的涌浪间剧烈地颠簸起来，向南薰礁驶去。随后，第二条小艇也离开了大船，几乎突然地吼叫一声，尾随一号艇而去。

我现在注视的已不全是这两条离开大船的小艇，还有它们周围的那些巨大的山峰一般的涌浪。浪一排排涌过来，一忽儿把它们托起，一忽儿又把它们抛下去，渐渐地我只能在这一起一伏间看到越来越渺小的它们。这就是海补南沙，第一次目睹的我还无法适应刚刚感受到的惊骇。面对着这样的涌浪，我觉得小艇轻如树叶，甚至连树叶的重量也没有，而涌浪正无尽地跳跃着涌过来，浩浩汤汤，势不可阻。每一次小艇从浪窝里跃出，你不由得就要从心底里为它们叫一声“好”，可同时你不知为什么就有了那种预感：今天不该这样冒险补给，涌浪太大了，这两条小艇可以跃过一道又一道涌浪，却跃不过最后那道要将它们吞没的涌浪！

1号艇忽然在我的视野里消失了！忽然我又看到了它！现在它已驶上了礁盘！我的心一下落了地。礁盘在阳光直射下呈现为一种与墨色的深海不同的美丽的浅蓝色，虽然是高潮位，礁盘上的水深也不过三米，涌浪在南薰礁的另一侧被礁沿挡住，出现在我望眼里的已经是两条小艇在浅水中行驶时自然的跳跃了。我突然为自己没有和艇员们一起登上小艇懊悔起来。

南薰礁的补给一直持续到中午。十一时左右，礁上的官兵登上大船，换班的官兵被送上礁堡。因为南薰礁补给的胜利，午饭时船上的欢乐气氛悄悄弥漫开来。大船在下午四时告别南薰礁，驶往有南沙首府之称的永暑礁。

十三日清晨六时大船抵达永暑礁海域。为了看一次真正的海上日出，我五点多就来到了前甲板上。我看到了日出，却很失望，因为海面上聚升的大块大块的乌云墙一般挡住了我的望眼。大船已经停下来，在大海中绵延二十六公里的巨大的永暑礁的蓝色礁盘已于前方大海中现出，它挡住了来自周围的涌浪，被阻挡的涌浪就在它的周遭高高低低地跃起，用大朵大朵的白色浪花为它镶上了一道动感的变化万千的花边。在白色浪花圈定的广大的礁盘上，阳光灿烂地照着，礁盘一时竟呈现出明亮的深浅不同的绚丽的七种蓝色：白色浪花覆盖的是礁盘的边缘，那儿海水依然很深，海水是墨蓝的；随着礁盘渐次向内升高，海水也就变成了天蓝和紫罗兰色；这时礁盘又深陷下去，它的中央出现了一条带状的长长的潟湖，湖面既不是墨蓝，也不是天蓝和紫罗兰色，而是亮丽的深紫色。阳光在波动的水面上洒满亿万亮晶晶的光斑，给整个礁盘乃至它所在的海面带来了一种晴朗、明丽、喜气洋洋的色调。永暑礁的人造陆地和礁堡坐落于这明亮的在阳光下色彩斑斓的礁盘的一端，它的形象从远处看去也像一艘正在波涛中远航的大船：高出海面数米的人造陆地是船身，人造陆地上的三层楼房是船楼，楼顶的各种枝形和盔形的天线就是船与陆地联络的通讯工具。礁盘上明丽的跳跃闪烁的光斑簇拥着它，使它在这个日子里也显得喜气洋洋，如同沐浴在节日的欢情之中。出海后第一次，我不明白船上从司令员到指挥组人员那种隐隐的不安来自何方了。永暑礁是个大礁，礁上建有军港，一条一千余吨的拖船一直在这儿待命，大船对永暑礁的补给将通过它而不是小艇进行，一切都会顺利，它也应当顺利。

补给行动已经开始。早饭刚过，大船就向礁上发出了指示，随后那条一直锚泊在永暑礁港外待命的南拖 147 船离开锚位，远远地碾过波涛向大船靠拢过来。大船鸣一声笛，拖船也鸣了一声笛，像是两个久违的兄弟重逢时发出的一声欢呼。海面上涌浪很大，可并没有太多的浪花，但是阳光正在被乌云遮去，天空开始一滴滴地飘下雨珠。大批补给物资正被移上甲板，等待上礁的官兵包括我这个客人都站在同一侧甲板上。

瓢泼大雨就在这时下来了。刚才的星星雨点转瞬之间就化作一场在北方极难见到的豪雨。不仅阳光全无，连蓝色的天空也看不到了，看见的只是压得很低的铅灰色的雨云；甚至雨云也看不到了，能见到的只有近在咫尺的灰茫茫的雨阵，虽然它持续的时间并不长，却将已搬上甲板的补给物资淋得一塌糊涂。拖船就在这时穿过雨雾驶过来，它的笛声响在近处，不知为什么令人心悸。雨停了，风却没有停，大船正在大摇，它迎风的右舷下方，高高的浪头打到十几米高的甲板上来了，即使在背对风向的左舷，浪头也跳跃得与甲板一样高。147船已经靠上来了。这是一次困难的停靠，稍不小心就会发生碰撞，然而两名船长靠经验也靠运气竟然一次靠拢成功！拖船上的缆绳飞向了大船，并被大船上的帆缆兵手脚麻利齐心协力地喊着号子系牢在大船上，一块跳板已被众人以超过需要的高度举起，从大船上搭向拖船。但这次的连接却没能完成。在剧烈的涌浪中大船还只是剧烈地摇摆，在它身旁的拖船却在整体地以数米的幅度直上直下地大跳。涌浪在两船之间发出巨大的碾碎式的轰响，声如雷鸣，两只在船上看去庞然大物般的碰垫夹在两船之间，一次次地被撞击，随时都会碎裂。从大船上搭上拖船的跳板立即就随着拖船的跳跃上下大跳起来，两船舷被它击打出砰砰的爆炸似的巨响。骤雨卷土重来，一时间大船上的人连近在眼前的拖船也看不清了，只有灰茫茫的雨幕，只有暴雨打在海上、船上那狂风大作般的声响，只有大海和涌浪的咆哮，两船相击的轰鸣。所有这一切声音合起来，对人心的震撼是无法言喻、极为恐怖的。这时就传来了指挥组的命令：收回跳板，停止补给，两船脱离。补给失败。我上船后第二次猛然感觉到了眩晕。

十三日的风浪一直延续到深夜。十四日凌晨，风浪渐歇，但一直壁障一般竖在周围海面上的乌云并没有消散，也就是说，海面上出现了暂时的平静。不到九时，拖船 147 号就匆匆赶来，靠上大船。补给品以最快的速度从大船上转移到拖船上，第一船油和水也加满在拖船的油水舱内，跳板搭上去，昨天准备上礁的人员通过它登上了拖船。整个作业完成得十分迅速，这期间海上风浪渐起，拖船在大船边上下跳动的幅度又超过了一米，跳板成了一座高低起伏颤动不止的独木桥，依靠两船舷间的人们扯紧的一根竹竿的帮助，我和众人才冒着掉进海里的危险全部上了拖船。拖船与大船分离时涌浪更高更大，大船抛锚处与永暑礁只有两海里左右，这两海里的距离内我看到的全是丈把高的浪峰与渊谷。排水量只有一千多吨的拖船在涌浪间大幅度地跌落和跃升，每一次跌落都让一直站在驾驶台右侧舷栏边的我看不到前方的礁堡，而当它跃升到涌峰上时，我却能看到包括大船和永暑礁范围达数十海里的礁盘的全部。尽管风浪很大，拖船并没有减速，它每一次与涌浪的巨大的水体撞击，飞起的浪花总要飞上船楼顶端的驾驶台，让我全身一次次沐浴在腥咸的飞沫之中。风浪更大了，拖船的起伏颠簸更厉害了。我双手抓紧舷栏，在巨大的惊悸中本能地意识到这是我有限的航海经历中见到过的最大的浪峰和渊谷——当拖船堕入谷底时，迎面而来的涌峰竟然高达十几米，峰棱直逼站在舵楼上的我的眼帘；而当船头跃上涌峰时，船下出现的又一道渊谷看起来竟然深不可测，能看到的只有一片浓稠的滚动的墨色和这墨色上浮动的大片大片的白沫。在这样的起伏跌宕中不发生短暂的眩晕是不可能的，就在我的近处，我看到两名水兵大口大口吐起来，我仍然坚持着——数年前在西沙海域我有过痛苦的因晕船而呕吐的经历，知道只要吐出第一口，以后就再也不可收拾。所幸拖船上下起伏的幅度开始变小，它正在缓缓地进入永暑礁军港，我终于没有吐。

远远地就看到码头上有一队身着海洋迷彩服的军人列队。码头紧靠着的那幢像舵楼似的建筑物上，悬挂着巨幅的大红条幅：欢迎首长和战友们莅临南沙。两位脸黑如涂了桐油一般的军官站在队列前，目视着拖船驶来的方向。等我注意到队列的一端还排列着一支小小的五人的鼓乐队时，它已经敲打起来，声音在大海的咆哮和拖船轮机的轰鸣声中并不响亮，鼓乐手们的配合也不娴熟，乐点因之显得有点零乱，但从他们的神情和大力的动作中，我却感受到了一种气势，一种激情，连同充满心间的狂喜。他们与那支一动不动地站在烈日下、全副武装、神情庄严的队列一起，让我的眼睛忽然湿润。拖船靠港。跳板搭起。我等众人上了礁。脚下的土地却突然摇晃起来——只有一分钟的光景。

以后的两天我在礁上的日子过得不好，因为海面上长风浩荡，补给一直无法进行。第二天中午，大风曾有过一段时间的稍息，潮退下去，礁盘中一线弯曲如弓的砾石和珊瑚沙的隆突裸现出了海面，指挥组人员喜形于色，立即下令拖船抓紧时机补给。命令刚刚被执行，天色重又阴晦，大风再起，插在礁上的彩旗被刮得弯了腰，由西南方排闼而来的涌浪一波波跃上了防波堤和人造陆地四角的碉堡顶端，海天为之一变，一场大雨突至，虽然它持续时间很短，但与它一起来临的风浪没有再小下去。给予拖船的命令被迫取消，准备离礁的我们放下手中的行李，回到房间里坐等。晚饭时又下起了雨。大家都闷闷的，我们多在礁上滞留一日，就多一份消耗。大船为这次出航带的食物和淡水是有限的，根据来自大陆的气象预报，近几天还会有一场台风在南沙附近海面上生成，如果我们不能完成补给任务返航，就可能陷进一场台风里去，即便能在南沙找到一个地方躲避台风，返航的日期也势必要往后拖延，而这个日期是不能为我们确定的。大船上的食物和淡水一朝告罄，全体人员就会陷入弹尽粮绝之境。大海广阔无垠，风云变幻莫测，一条五千吨的船不过是一片浮叶，真正陷入那种境地，大陆上的基地并没有多少办法营救。

接下来是一个不眠之夜。有人建议，鉴于明天风浪也不一定会小下去，若夜间风浪暂息，就连夜补。指挥组不置可否这个提议。但是礁上的官兵却做好了夜补的准备。夜深了，涛声愈加响亮，一场我只在南沙才见到过的豪雨再次来临，密集的雨线拥塞了天和地的每一寸空间，咫尺间不见对面来人，雨点打在人造的水泥地面上，如同山洪骤降，大河奔流，几分钟内低洼处竟漫过了脚踝，马上就有值班人员向礁首长报告：两个收集并储存雨水总共 180 吨的大水库开始向外漫溢。对于长年滴水贵如油的礁上来说，这是一个喜讯，大家或许可以用如此充足的雨水痛痛快快地洗个澡了，可对于一直期望风、浪、雨平息的我们来说，却意味着夜补的希望也破灭了。

深夜一点钟，海情如旧；凌晨四点，海情如旧。早饭时海上突然晴朗。大风小下去，原本五六米高的浪头降到三米左右，雨停了，乌云散去，连太阳也出来了。正吃饭的人扔掉筷子，跑到码头上去。不知谁情绪激动地冒了一句：这就是南沙！指挥组立即命令开始补给！三天来一直在港外抛锚的拖船立时起锚，鸣一声笛，驶向大船，大船也接到了命令，鸣笛响应。我们再次接到了指示：随时准备离礁。第一船补给物很快靠上了码头，礁上的突击队——一帮赤膊上阵、肤如涂漆的小伙子飞快地上船，山摇地动地呼喊着，转眼之际，一船补给品全给抛上岸来。拖船没有一丝间歇，立即出港，驶向大船。午后四时半，最后一船物资和最后一批换班的官兵上了礁，下礁的官兵上了拖船，我们终于离开了永暑礁，登上拖船，回到大船上去。码头上举行了隆重的欢送仪式，司令员和全体留下守礁的官兵庄重告别，最后一个登上拖船。这一刻，我注意到留在码头上的每一名官兵的眼里都是湿润和亮晶晶的。

拖船在依然三米左右的浪峰浪窝里一起一伏地驶向大船。每一次降落和升起，都让我又一次看到永暑礁，以及码头上那一直没有解散的队列。风很大，礁堡顶端的一面五星红旗铁旗似的展开，一轮几天来都没有见过的，因空中水汽饱满而显得润湿而巨大的夕阳正在铁旗背后缓缓下落。巨大的夕阳，足以从西北方将越来越小的永暑礁所有建筑罩住，夕阳中一条条的乌云在飞快地流走，于是夕阳也在飞快地流走，然而它又是凝重的，它的光辉照亮了广大的海域和海中的那一小块陆地。永暑礁四围汹涌的波涛是金红色的了，团团环绕礁堡的雪浪也是金红色的了，它们冲天而起，似与礁堡等高，于是奇迹般镀在它们身上的金辉就给永暑礁整体地添加了一份神圣和辉煌。礁堡背向夕阳的一面完全是模糊的和黑灰色的，而它的边缘，尤其是它的顶部却被夕阳涂上了一层亮闪闪的金色。大海，夕阳，礁堡，突然一起化作一个辉煌的整体！回头望去，拖船的上下两层甲板上，舷栏边，无数双湿润的眼睛也是亮晶晶的和金红色的，拖船连同已经出现在我们眼帘的大船的船舷也披上了一层金色——我们这些长期或者暂时置身南沙的人，也和留在礁上的人们一样沐浴在金色和辉煌里了。

（附注：这是一篇没有写完的稿子。为了祝贺《海军文艺》一百期，我把它整理出来，纪念九年前的那次出航，一并怀念出航途中一起经受了大风浪和生死考验的战友们。以后有时间，我会把后面海补华阳礁、赤瓜礁、东门礁、美济礁、渚碧礁的部分补齐。）

二〇〇七年十二月十八日

向时常想念的人告别

——《音乐会》余绪

1

我还年轻的时候，一次被领导派去参与某老首长回忆录的写作。首长不出面，让他的旧部下坐在一起集体回忆。我陪了三天，只记下一件事：某年夏天桐柏军区的部队打进武汉，在敌人仓库里发现了一批罐头，他们凭商标上曲里拐弯的洋文判断出这是美国货，打开一罐来吃，味道非常不好。一会儿来了连里的文化教员，告诉他们刚刚吃下了一罐美国油墨。三天后我离开了那个宾馆，回来告诉领导说我罪受够了，换别人吧。果然换了别人。我以为事情过去了，但后来发觉，并没有忘记这件事。再以后，年复一年，我会时不时地想起他们，想念当年那些扛着美制卡宾枪冲进大武汉，神采飞扬地吃掉了一罐美国油墨的人。

2

我最新出版的长篇小说《音乐会》有七十万字，我不知道这个长度是否开罪了读者，但实实在在开罪了一些专家朋友。他们认为在这个一切都已快餐化的时代，强迫别人阅读七十万字是谋财害命。我口中唯唯，心里不服，直想大吼一声：这也是记忆，一些极为重要的有关中日韩民族历史的记忆，将它写出来是这些历史在考验我，现在我写完了，考验你们的时候到了！不知何方圣哲早就说过一句名言：

说出来是为了忘却。《音乐会》最后一稿改完，我迫不及待地换了一台新电脑。再也不会写这样的书了，我想，罪受够了。夜里放松地躺在床上，一时浮想联翩，脑海里又涌现出许多与《音乐会》类似的记忆。我有点紧张，我知道，如果我不能用一个短小的篇幅（我准备用三千字）将它们一股脑儿写出来，就有再次冒犯朋友将它们写成一部长篇的危险。不，我可不想彻底失去所有的朋友。

3

时常会想念杨靖宇。

一九四〇年二月二十二日，弹尽粮绝、孑身一人的东北抗联第一路军总司令杨靖宇将军在吉林省濛江县（现靖宇县）保安村以西五里的山路上拦住四个进山砍柴的中国人，与其中一个名叫赵廷喜的人谈了话。此前四万日伪军为搜捕他一个人已折腾了两个月。杨靖宇主动出现的原因是他脚上的棉鞋脱了帮，脚冻坏了，身上发烧，而且多日没吃东西了。杨靖宇身上还有九千元伪币，他请对方回到山下给自己买双棉鞋和一些吃的。这个叫赵廷喜的中国农民答应了，回到屯子里，迎面碰上日本特务李正新，后者也是个中国人，不过是个日夜都想帮助日本人抓到杨靖宇以领取赏金的中国人。赵廷喜一见李正新就害了怕，把发现杨靖宇的消息讲了出来，李正新马上带他去日本警察所。第二天早上日军赶到，杨靖宇壮烈殉国。

时常想念的不是英雄的死。英雄死去已六十余年矣！时常会设身处地想到将军死前的内心。他肯定觉得应当相信中国人才主动走出来与赵廷喜见面的，赵廷喜劝他投降，说眼下日本人和过去不一样了，只要你投降，他们就不杀你（其实他不知道，杨靖宇真要是主动投降，日本人不但不会杀他，还会让他做伪满洲国的军政部长）。史料记载（日本人的报道，但大体可信）杨靖宇这时心平气和地对他说：老乡啊，我们都是中国人，要是咱都投降了，中国就真的完了。这以后赵廷喜就拿上他的钱走了。杨靖宇该怎么办？他可以选择离开。但是他没有。他有理由怀疑这个中国人是否可以信赖，但他没办法怀疑每一个中国人。

这一刻，这一个中国人就成了他为之奋斗牺牲的所有的中国人。

可偏偏这个中国人，没有给他带来棉鞋和食物，却引来了日本人。

4

时不时地会想起周保中。一九三七年冬，数万日军对东满和下江（松花江下游）地区的抗联二路军展开大围剿。周保中将军指挥四军五军向西突围，自己则率领二路军总指挥部向东走，潜入乌苏里江西岸的密山，过了一些日子，因为西征部队失利回到勃利，他又率着自己的小队伍在一天一夜之间，冒着零下四十摄氏度的风雪严寒，从密山走回了勃利。

不看地图的读者不明白我为什么会时常想起这件事。看地图你就明白了，从密山到勃利，是从黑龙江省的东部走到中部，直线距离就有二百公里。

老实说开头我从一位老抗联口中听到这件事时怎么也不敢相信。二路军总指挥周保中将军不是走在平坦的柏油马路上，他是在日伪军的重重围攻之中，将鞋子反绑在脚下（用以迷惑敌人）走完这些山路的。我不敢相信这件事，是因为即使你是个身强体壮的男人，要在一天一夜走完二百公里山路也是难以想象的，何况他们根本就没有东西吃。

我不相信这件事，就到《周保中将军游击日记》里去查证。果然，我在一则写于一九三九年十一月的日记里查到了同样的记载。

一个朋友读《音乐会》时提出过一个问题：你

的人物一直在书中狂奔，这已经超过了人的体力极限，降低了该书的可信度。

周保中将军真是个奇人。哪怕是在日寇围困得铁桶一般、二路军的前途最黯淡的日子里，也没有中断每日写日记的习惯。据说他一直使用毛边纸和毛笔，写完一本就让警卫背上，背不动就找个地方埋起来。这些日记写得客观、翔实、平静，让我们无法准确揣摩他当时的真实心境。但也就因为这些日记，我们明白了他和他的战友其实每日每时都生活在类似于最后一战的环境中，枪声一直在他的耳边嘹亮，他要不停地突围、退却、逃匿、转移。但是他仍然坚持记下当日的战况、军情甚至自己对许多事变的反应。这样一个人，生死肯定早已置之度外，但在记日记这件事上头，却认真、执拗得令人惊讶。

可以想象他根本不是为自己写日记。置身在每日生死未卜的战争环境中，他和与他生活在同一时代的人不需要这些日记。他要写给的只能是时间和历史。

丢失是难以避免的。一九三六年以前的日记就在敌人的一次搜山中被焚毁。但以后的日记却奇迹般地保存了下来。经过将军的亲属和有关研究人员的整理，出版时仍然有七十万字。

我的《音乐会》写了三年，只有七十万字。周保中将军业余写作，三年内也写下了七十万字。

5

最近一些日子，越来越多地想念起吉林宁安马家大屯的马老太太和她的三个儿子。我是在《周保中将军游击日记》里发现马老太太这个名字的，可那上面的记载非常简略，后来在采访中，我从那些已至耄耋之年的老抗联口中，又听到了她的故事。

马老太太的姓名已无人知晓，只知道抗联四军军长李延禄最早在宁安拉队伍时，她就成了抗属，陆续将三个儿了送进了四军和五军。后来日本人攻进屯子，将它烧成一片白地。马老太太无家可归，自己也毅然加入了二路军，和儿子们一起行军作战，这时马老太太已是六十多的老人了。

一九三七年冬，二路军主力在日寇围逼下破围西出，马老太太随同在五军当团长和营长的大儿子二儿子一同西上，小儿子则留下来守护密营，同时负责保护随我军一同西征的一个山林队首领的女人。

所谓山林队，是好听的说法，说白了就是土匪。为了保存抗日力量，不让这支土匪队伍投敌，周保中和其首领约好，让后者带队伍和我军一同突围，我军另派人留在原地保护他的压寨夫人。若有半点差池，我军自会对自己人按破坏统一战线罪论处，也就是枪毙。

大军西行之后，日军在千里长途中极尽围追堵截之能事，我军恶战连绵，马老太太的二儿子在一次战斗中，为了掩护哥哥的队伍和同在队伍中的母亲，毅然与敌搏斗，壮烈牺牲。这次战斗中，我军大队也和随军西上的那支山林队断了联络，而这时留在山里的马老太太的三儿子也陷入了敌之重围，与外界断了联系。

日本人天天搜山，扔下传单说周保中的二路军已全军覆没。三儿子和受他保护的匪首的压寨夫人独处在一个山洞里，自忖不能逃脱，彼此说了实话。原来此压寨夫人竟是匪首抢来的，一直想逃，都没能逃得出去。三儿子在长久的等待之后不见大军回还，以为我军真的不会回来了，就想带着压寨夫人逃回故乡。逃跑并不顺利，但二人却产生了感情，做了夫妻。

他们没想到的是大军却在这时回到了营地，更没想到的是匪首并没有死，也回到了原地，寻他的压寨夫人。后者已有身孕，纸自然包不住火，匪首大怒，拉开架势要二路军执行自己的纪律，不然就要翻脸，跑日本人那边去。

出于维护抗日统一战线的原因，马老太太的大儿子马团长不待报告，就对三弟执行了纪律。等到周保中赶到，枪决已经执行。而马老太太的大儿子马团长，也在随后的一次向南突围的战斗中牺牲。随后，马老太太自己，也在儿子牺牲的同一场战斗中奋勇扑向敌人的阻击线，壮烈殉国。

一直忘不了马老太太的原因是：当她的二儿子在西征中死去，大儿子以破坏纪律罪处决自己的三儿子时，这位老人家是一种什么心情？她为自己其实并无过错的三儿子求过情吗？他们母子一定见过最后一面，这时在母亲和儿子之间，又说过些什么？自己辛勤养大的三个儿子，于短短数月间，在自己的眼前一个个死去，她那颗苍老的心脏，又是怎么承受得住的？还有，当老人最后一次扑向日寇的阻击线时，真的不是想和儿子们一同离去吗？

忘不了马老太太还有另一个原因：她的大儿子马团长处决了自己的三弟之后，那支山林队的首领真的没有投敌，他被抗联队伍说话算数的气魄震动了，直到队伍打光，最后一个人战死，也没有投降日寇。

但是被夺回去的那位压寨夫人呢？那位已有身孕的压寨夫人后来生下了孩子吗？那个孩子是否活了下来？如果今天还活着，他现在哪里？他知道自己父亲母亲的故事吗？

6

冷云。

在中国，知道冷云的人不会很多，可是听说过八女投江的人一定不少。

冷云就是八女投江中的八位女烈士之一，而且是她们的领导者，是她带着七名抗联姐妹毅然投身于江水。

冷云最早只是佳木斯中学的一个女学生，在学校里接受抗日思想，加入了抗联的地下组织。传说她生在一个较富裕的商人家庭，不参加抗联，完全可以过得很好，可是她选择了抗日。

一九三六年佳木斯地下党组织被破坏，冷云因为不是核心成员，没有机会参加会议，侥幸没有落入敌手。这时她的身份也许暴露了，也许没有暴露，但地下党出于安全方面的考虑，还是安排她孤身一人离开佳木斯，进了山林中的抗联队伍。

到了这时冷云的生命还没有显示出特别的光彩。如此安排，无论对她自己还是对于抗联部队，都有点不得已而为之的意思。在她，是因为中学还没有读完，她是个喜欢念书的女子，不能继续念书对她来说是个巨大的遗憾；对于部队，这样由地方党组织安排进来的女孩子越多，负担就越重，尤其是像冷云这样几乎连枪也没摸过的女中学生。但既然送来了，他们也只能接受。

于是冷云被五军领导安排进了军部的被服厂，给全军做军服。说是个被服厂，那个年月，部队的军服差不多全靠缴获，被服厂能做的事是有限的。

说是个工作，不如说是在深山里给冷云和如她一样的一些姐妹找一个藏身之所。

一九三八年五月，七万日寇对抗联二路军实施“重点讨伐”，抗联四、五两军面临全军覆没的危局，二路军总指挥周保中决定两军由吉东地区向西方五常一带做长途突围。四、五军的女同志被合编成一个妇女团，随主力西下。冷云以她渐渐表现出来的干练和坚定，当了这个团的指导员。

这个时候，恐怕不仅别人没有想到，就连她自己也不会想到，她一生的这第一次远征，也将成为她最后的一次远征。

但命运就是这么安排的。虽然突围成功，但整个西征行动却失败了。三个月后，一同西征的抗联四军和五军被敌人打散，几个月后四军全军覆没，五军则在迭遭失败后分为两股，其中的一股由五军一师师长关书范率领，穿越老爷岭上千里林海，向东返回设在今天黑龙江省依兰县东部山区的密营。

走进林海时一师还有一百多人，走出来时，却只剩下了三十多人，其中就有冷云率领的妇女团剩下的最后八名女同志。

时常会想到这样一个晚上。冷云他们突破敌人的重围，到达了自己根据地的边缘。虽然牺牲惨重，可他们这些人却活下来了。在那个年代，只要他们没死，对抗联二路军来说就是胜利，对日寇来说也就是失败。走出林海到达乌斯浑河畔就地宿营时，冷云和她的姐妹们的心情一定是兴奋的，毕竟他们这三十几人就要回到根据地了。

可就在第二天拂晓，日本人包围了他们的宿营地。一个名叫葛海禄的汉奸向日寇告了密（又是汉奸！和杨靖宇一样，冷云她们可以说也是死在汉奸之手）。但是日本人首先发现的并不是冷云等八姐妹，而是和她们隔开一段距离宿营的以师长关书范为首的男同志。这时冷云八姐妹只要自己不暴露，或许就有机会脱险。

但是冷云没这么做。冷云带领众姐妹做出的是另外一个对她们来说具有改变命运的决定，她决定带众姐妹将日本人引开。原因是很简单的：关书范是师长，他所在的地方就是师的指挥所，面对敌人时，她们有责任保护师长和他的指挥所。

于是她们首先向日本人开了枪。日本人被吸引过来，关书范被枪声惊醒，带着男同志突围出去。冷云八姐妹却被日本人逼到了江边，子弹打完之后，在投降、被活捉和投江之间，冷云带着她的姐妹们选择了后者。

故事到了这里，仍然是众人皆知的。众人不知道，因而时常让我想起冷云的是：正是这西征归来途中的最后一场战斗，击垮了师长关书范的心，回到一师密营不久，他就下山和日本人谈判，接受收编，其后还自告奋勇地回到队伍里来，要说服五军军长柴世荣和二路军总指挥周保中和他一起接受日本人的收编，也就是投降！

一直难以释怀的正是这件事：冷云八姐妹牺牲自己的生命，救出的竟然是一个变节分子。如果八姐妹死后有知，她们会后悔吗？

她们是不会问这个问题了，问这个问题的是我们。我们这些后人原本也不会问这个问题，可是自从读了史料，知道了真相，这颗心就不能不为这个问题一直疼痛着了。

7

关书范。

因为冷云，也会时常想起关书范。

关书范，吉林宁安人，一九一二年出生，十七岁参加共青团，成为宁安青年学生中最活跃的革命分子。“九一八”后全力投身救亡运动，出任共青团吉东省委委员。二十二岁被捕，受尽酷刑仍没有叛变。周保中创立抗联五军后，他骁勇善战，二十五岁就被委任为五军一师师长，成为周保中手下数一数二的爱将，后者对他寄托了巨大的期望。可就是这个人，经历了一九三八年的西征，居然撑不住了。最不可思议的是他下山和日本人谈判之前，居然抱有下面一种奇怪的想法：抗战到了最后关头，不投降五师乃至于二路军残部一定会被日本人全部剿灭，投降了或许就能躲过这一厄运。即使从山下穿了一身日本军装回来见自己的军长柴世荣，他也不认为自己的行动是动摇和投降，而是“假投降”。他劝柴世荣“留得青山在，不怕没柴烧”，只要把队伍设法保存下来，就会有“东山再起”的机会。柴世荣大惊，急报周保中。周保中大怒，令五军军部马上移到二路军总部密营来，他告诉柴世荣，什么“假投降”，这是真投降，是在斗争进入最艰苦时刻首开的投敌之风！这个口子一开，吉东的抗日大局就将崩溃！这样的行为，决不能宽恕！他让柴世荣引关书范上山，立即将其逮捕，公布其罪状，执行枪决！

关书范的事情到了这里并没有完。被逮捕之后，面对盛怒中的周保中，他又悔悟了，不但涕泪交流地承认了自己的错误，还以人死言善的语气，向周交代了他和日本人的所有交易，尤其重要的是他向周保中讲了日本人已经从他口中知道了我军的哪些密营。在枪决他之后，待在这些密营的我军一定要迅速转移。枪决关书范之时，周保中流下了痛恨交加的泪水。

在当天的日记里，周保中极其罕见地用长达一千多字的篇幅，记下了关书范的生平，虽然义正词严，可那种隐隐的痛惜之意仍然能让我们感觉到。为一个叛徒的死写下这么多文字，在七十万字的《周保中将军游击日记》里，是仅有的一次。

8

一九三九年一月枪决关书范之后，二路军的两大主力四军已在西征途中全军覆没，五军一师由于关书范的叛变基本崩溃，二师余部辗转于南满各地与敌作战，最后回到吉东时只剩下了三个人，一个人数不多的总部警卫旅也不在身边，且音信几稀，这时的周保中，几乎成了孤家寡人。

这时候他怎么办呢？他没有退缩，不过他的心态已变。虽然他口头不承认二路军已经失败，可心里不能不明白。对他来说，能做的事已经不多了。

但他身边还有十几个人。就是这十几个人也牺牲了，还有他自己。在他的内心里，只要他自己还没死，二路军就还没有最后失败。

他一定用了许多时间想下一步的斗争方式。而这种方式他很快想好了，确定了。

这种方式就是利用自己当年在上海和周恩来一起从事特科活动时学到的本事，辅导身边最后十几个人，让他们人人学会爆炸和暗杀技术，然后他将这些“地下尖兵”派出去，对日寇在东北苦心经营的重大经济、军事项目实施攻击。

这种战法，有点类似今天的所谓“不对称攻击”，有点类似巴勒斯坦人对付以色列人使用的所谓“肉弹”。

这仍然是抗战，但更像是拼命。

被周保中最先锁定的目标是日军在佳木斯的飞机场，日本人在镜泊湖造的水电站。

炸毁镜泊湖水电站的任务交给了五军老战士刘德胜和翟学忠。出发之前，周保中亲自对他们进行专业培训，还教给了他们一些特工常用的技巧。

为了保证成功，刘德胜和翟学忠出发时，什么也没带。一没带钱，二没带枪，三没带炸药。周保中嘱咐他们，下去要自食其力，想办法活下去，还要完成任务！

两位老战士下山后的经历极为曲折：到了宁安，他们没有找到地下党，却被正到处抓劳工送往中苏边境修工事的日本人以没有“劳动票”而投入大牢。

他们以为这回完了，没想到却在牢里遇上了一个当了伪军的熟人。此人的老婆刚刚被日本人奸污，不知道二路军的实情，仍一心想投奔周保中，二人将计就计，让他帮忙弄到两套伪军军装，逃了出来。这回他们到底联系上了宁安地下党，后者帮他们弄到了“劳动票”和炸药，他们自己却又被日本人当作“浮浪”抓起来，装进火车，拉到边境上修所谓“国防工事”。二人明白，一旦到了那里，就再没有活命的机会，半夜里在火车上用上了周保中教的特工手段，自己给自己松了绑，杀了车上的鬼子，带着一车厢人跳车逃走。再回到宁安，和地下党接上头，弄到了“劳动票”和炸药，他们这才混进了去镜泊湖的劳工队伍。一天夜里，他们采取声东击西的战术，先放火烧了日本人的汽油库，等日本人跑去救火，他们潜入水电站工地，将地形看了个清楚，此后将炸药放进饭盒，一天带进去一点，积少成多，最后竟然带进去整整六公斤炸药。一日，渐渐取得日本人信任的翟学忠终于有了机会，将六公斤炸药全部放进就要建成的水电站的核心部位，还安放了延时装置。两小时后，早已离开的他们听到了巨大的爆炸声，水电站在他们的身后被炸上了天！

为了表彰二人的功勋，周保中代表二路军总指挥部，授予他们“孤胆英雄”的称号。

其后，周保中又一批批将人派出去，成功地炸毁了日本人建造的湖南营水电站和日军珲春甘井子机场油库。

如果不是当年九月，周保中突然接到了从苏联方面转来的三路军代表冯仲云邀请他过江赴苏，会商二、三路军合并及与苏军合作的信函，周保中一定会以这样的姿态和方式与日本人战斗下去，直到身边的人全被他派出去，作为二路军总指挥的他本人亲自下山，作为最后一名“地下尖兵”，向日寇发起二路军战史上最后一次攻击。

如果是那样，在一九五五年中央人民政府授衔的将军的名册里，就不会有一个名叫周保中的中将了。

真正忘不了的还不是这些，而是周保中将军这一年的心境。细察《周保中将军游击日记》，你会发觉他的心态极为平静。

他也可能真的非常平静：他的部下都战死在沙场之上，剩下的人也正一个一个在最后的极为悲壮的攻击行动中死去，他不过是他们身后的最后一个攻击者和战死者罢了。

还有一种可能：他的平静来自他在内心中与日本人的对峙与对视。这是一种极为有力的对峙与对视。因为双方都明白，二路军已经失败，但是只要你还没有杀死我周保中，二路军就还在战斗，我没有承认失败，你日本人就仍然没有胜利。我还就想看看你的能耐了，什么时候你杀死了周保中，才能说你取得了最后的胜利。

此时的周保中，说他是二路军的最后一名战士都不足以描述他的心情，应当说他或许把自己看成了坚守在战壕里的最后一个中国人。

9

时常想念的最后一个人是赵尚志。

一九三八年一月一日凌晨，在我北满抗联主力西征嫩江遭受重大损失，五万名日伪军加紧部署对我军的最后一次“讨伐”的前夜，北满抗联总司令（时称东北抗联总司令）、威震敌胆的抗日英雄赵尚志越过冰封的黑龙江，前往苏联方面求援，随即被扣押，从此失去自由。一年六个月之后，他终于被释放，率领一支小部队返回东北，整个东北的斗争环境和我军的内部环境已发生巨大变化。北满抗联在他走后对一去不返的他的批判已经结束，形成了以三路军总司令李兆麟为领袖的新的领导集体，不再接纳他的归来。接下来，在二路军三路军伯力联席会议上，三路军创始人赵尚志因“犯有严重错误”

而被开除党籍，被安排到周保中的二路军总指挥部任副总指挥，不久又被从国内战场召回到伯力（原因众说纷纭，莫衷一是）。失去了周保中的庇护，三路军又回不去，二路军视其为路人，当初令敌人闻风丧胆的大英雄竟成了新成立的伯力东北抗联教导旅院内一个无人理睬的闲人。

赵尚志怎么办呢？他仍然有许多选择。他可以选择申诉，向当时代表中共中央领导东北抗联的中共驻莫斯科共产国际代表团申诉，甚至通过这个代表团向已经在延安扎下根来的中共中央直接申诉；他也可以破罐子破摔，既然你们东北抗联不要我，我干脆就这样待下去好了。凭他的威望和功勋，没有人会不让他继续待下去，直到抗战胜利的一天。

当然还有最后一种选择，那就是：不管我赵尚志身在何方，也不管你们如何看我，赵尚志都仍然是一个矢志抗日到底的战士，你们可以不要我，但是我却不能不抗日，哪怕只剩下我自己一个人，也要回到东北，回到打鬼子的战场上去！

赵尚志没有选择申诉，也没有自暴自弃，性如烈火的他选择了最后一条路。一九四一年十月，他没有经过当时东北抗联教导旅的最高指挥员周保中的批准，带着仍然愿意跟随他的最后五名战士，越过黑龙江，回到了自己的国土上。

三个月后，他在攻击鹤立县日伪梧桐河警察署时误入日伪特务的包围圈，壮烈牺牲。

赵尚志直到最后，也没有实现随着他的归来，东北人民会一呼百应，再次掀起一波新的抗日浪潮的愿望，却实现了自己的另一个心愿。这个心愿是：就是死，我也要死在抗日战场上！

赵尚志被弄到日伪鹤立梧桐河警察署后，日本人欣喜若狂。就是为了防备这个已经被抗联队伍不要的人，日本人曾在长达数年的时间内，在黑龙江边维持着三道封锁线。现在这么轻易地就杀死了赵尚志，他们不敢相信。于是，他们从刁翎城中叫来了已经投降日寇的原东北抗联第九军军长李华堂。

李华堂“九一八”时是东北军的一个营长，东北沦陷后拉起一支队伍抗日，后来又响应中共建立抗日联军的号召，加入了赵尚志为领袖的北满抗联总司令部。在相当长的一个时期，他都是赵尚志抗日路线的追随者和赵尚志本人的崇拜者。一九三八年冬，当赵尚志赴苏未归，李华堂的九军主力又随三路军总指挥部西上嫩江之后，一直躲在深山里不向日寇投降的李华堂成了孤家寡人。等到他的另一个结盟者抗联二路军也在日寇打击下几乎全军覆灭后，李华堂终于承认失败，下山投降了日寇。日寇果然没杀他，反而将他安置在刁翎城中，过所谓自由的“良民”生活。现在，为了验明赵尚志的正身，日本人又将他带到了梧桐河伪警察署。

在一间冰冷的房子里，李华堂第一眼就认出了面前的死者就是他矢志追随多年的抗日大英雄赵尚志。尽管有不少日本人跟着，他还是哭了，大声道：司令，你也这么着了吗？你也这么着了吗？他号啕大哭，被日本人强拉出去。

时常想起这一次的会见。这是曾经作为抗日结盟者的李华堂与赵尚志的最后一次会见，赵尚志已经死去，李华堂也已经投敌，可当他见了死去的赵尚志，为什么仍要放声大哭，重复说出那样一句话呢？李华堂当时要对赵尚志表示的，究竟是一种什么样的心情呢？他有没有想过，虽然他努力在内心里为自己的投降辩解，可面对着眼前的死者，一颗心仍然明白，这个人才是真正的大英雄，虽死犹生，而他虽然活着，其实已经死了吗？

东北光复后，李华堂重新出山组织军队，被国民党任命为第十五集团军上将总司令，与挺进东北的我军为敌，结果被我东北民主联军合江军区剿匪小分队围击于依兰东部，负伤后被捕，死在押解的路上。李华堂死之前，有没有想到过当年他和赵尚志在鹤立县梧桐河伪警察署的最后一次见面呢？

不久前看到新编的电视剧《林海雪原》，想到书中写到的作为匪首的谢文东和李华堂，不由想道：当年他们也曾经是赫赫有名的抗联八军和九军军长呢。只是他们不像赵尚志那样死在了抗日战场上。他们也曾经在艰苦的年代里坚持过，却没有坚持到死。

10

开始写这篇文章时，《音乐会》刚刚出版一个月，写完它却是两年后的事了。我发觉，这两年里，虽然我写下了这个题目，却还是会时常想念这些我想要告别的人。

那天走在长安街上，我脑海里忽然冒出了这样一个念头：在我们走过的每一寸土地下面，是不是都躺着一副我们时常想念却又时常想要告别的烈士的冰冷和毫无知觉的尸骨。如果鲜血没有渗入地下并且不会凝固，这块土地上是不是早就血流成河，我们的每一步都会在这条血河里蹚起汹涌的浪花。

二〇〇四年三月二十一日

山在山的深处

对李大德生前死后的拜访很快成了一项不能完成的任务。事件由一位德高望重的将军的传记写作引起。几乎从将军开始自己漫长的军旅人生的回忆开始，我就听到了李大德这个名字。他是将军抗战末期入伍时胶东的著名战斗英雄，曾经赤手空拳跳上鬼子的汽车夺过一挺歪把子机枪，又在一场事关根据地存亡的殊死战斗中用大刀劈杀过六个鬼子。而在将军从家里偷跑出来加入县独立营的第一天晚上，又是这位当时就已经名震胶东的战斗英雄给了他一件八路军的上衣（那时可不会按时发军装），让他觉得自己真成了八路。但是李大德真正令将军印象深刻以至于铭记终生——我甚至得说也激动了他终生——的战功发生在这支部队后来参加的解放战争的两大战役之中。前者当然是辽沈战役，在关键的塔山阻击战中，身为副连长的李大德在身边战友全部伤亡，自己也多处负伤，昏迷过去又被炮弹炸醒过来后，只身一人守住了阵地，挡住国民党军一个整团的进攻，并在后续部队增援后冲出战壕，用一枚高举的手榴弹俘虏了敌军一个被打得只剩下二十八人的连。其次是平津战役，又是在著名的张家口—绥远追击战中，已经荣升为副营长的李大德带一个跑散的连及时赶到前面，堵住了某一座山口，将七千名成建制溃逃的傅作义部队官兵堵在一条山谷里，靠虚张声势地发出各种指挥号令，让精神处于崩溃状态的对手就地乖乖放下了武器，直到后面赶来的大部队将其依次缴械，一时间缴获的枪械堆成了几座小山，马匹辎重挤满一条十几里长的山谷。

已是某团通信股长的将军也正是在这场大战之后分到了一匹马。李大德由此在新中国成立后某年的全国战斗英雄大会上受到了毛泽东和朱德的接见，并在全国最大报纸上刊登的战斗英雄的照片中名列第一。将军回忆到这个人时心情总是异常激动，你时刻能从他的每一句话里感受到对英雄的无比景仰与崇敬。第一天的采访刚刚结束，我就明白了，将军后来一生走过的道路，他的全部事业、功勋尤其是内在的精神，都是从李大德这个人开始的，后者不但是他的战友，还是他的师长和精神上的指引者。

到了这里将军的回忆仍然没完。新中国成立后他作为李大德团长的副团长还和后者共同生活、战斗过一个时期，这一时期的李大德仍然是他的直接领导、兄长、精神和事业的引路人。结婚后他们两家甚至还同住在一个屋檐下，两人的妻子大致上也成了亦师亦友的关系。将军开始说到战斗英雄的妻子了，说她比英雄的资格还老，广东人，抗战中期共产党领导下的东江纵队成立，她就是一位著名的女性领导者。在他的描述中此人当日的形象颇有点像双枪女侠，她带领一支水上游击队神出鬼没地与鬼子周旋，并在抗战结束后坚持斗争直到一九四九年渡江的解放大军打到粤东。她和英雄在会师后的一次宴会上见面并恋爱结婚。将军最后的回忆是一九五五年，军队为了经济建设的大局大量裁员，要求原则上所有女同志就地转业安置。两个家庭当然坚决执行了军委命令，东江纵队的双枪女侠和将军于某次海战负伤后在前线包扎所相识并相爱的妻子一同到了驻地县城工作。事隔五十年后，将军仍然记得他和英雄最后经历的浪漫时光：星期六的晚上，他们在安排好了值班人员后，跨上两匹白马，乘着月色，一路并肩奔向自己县城的新家。也就是在某一个这样的夜晚，英雄告诉将军，他要离开了，到师后勤部当部长，继任者正是他的战友和学生，也就是将军自己。

分手的时刻到了。将军在这里的叙述开始变得犹豫，不连贯，不时陷入愁闷、痛苦与沉思。但倾听者我还是听明白了。大约是在一九六〇年，英雄开始出事。他患了一种令人难以启齿的病，用精神病学的名词可称为“钟情幻想”，民间一般称为“花痴”，其表现是见到每一个女人都抵制不住冲动地要去抱吻，直到幻想与之发生性关系。这样一种表现自然在最初的时候不会被认为是一种病，而被判断为作风问题，耍流氓，为此英雄受到了极严厉的处罚并被免职。但仍然因为他是全国最著名的战斗英雄之一，组织上没有立即处理他转业，只将他列入待分配干部。再后来，他的老首长、当年他在战场上出生入死的见证者们，出于安排他复出的好意，让他参加了社会主义教育运动工作队，到地方搞“社教”。为帮助他改掉毛病（这时他们已开始意识到英雄可能不是“大流氓”，而是有病），工作队特意和地方协商，让转业到地方工作的妻子即那位当年的双枪女侠也加入工作队，日夜守在他身边陪伴。开始还好，但是很快又出了事，他在一种被自己的妻子认为是“非常可怜”无法自控的状态下又侵害了一个女孩，虽没有造成恶劣后果，但还是引起一位高层首长的震怒。他被清除出工作队回部队等待转业。即便如此，部队也没有马上安排他离开，现在他的那些老首长和老战友全都相信他是“有病”而不是“道德败坏”，他们共同要求上级给他一段时间，让他能够在一种相对安静且与世隔绝的环境中，以他妻子的耐心和部队有限的医疗手段，帮助他恢复“精神健康”。这种相对平静的生活持续了好几年，对他确有好处。大约到了一九六七年，他的病基本上被治愈，即使没有妻子陪伴，也可以一个人外出活动，再没有做出过那种不雅举动了。

但也就在这时他接到了转业命令。铁打的营盘流水的兵，毕竟当年那些珍惜他的战斗历史和荣誉的首长不在了，新来的人根据一项新的军委指示将像他这样犯过错误且长期没有安排工作的干部安排转业仅仅是在执行命令。英雄的原籍在胶东某县，妻子和孩子按政策和他同归。将军最后送走了自己的老领导、老战友和战争年代的精神导师。由于当时“文革”正酣，将军后来又秘密加入了援越抗美的行列，与英雄音信两阙，很长一段时间内，他只知道李大德连同妻儿回到家乡，并且得到了很好的安置，心也就放下了。

这一放就是二十几年。将军重新回到故乡担任驻军最高首长，已经是一九九〇年的早春。飞机在济南落地，有人问他多年后重回故里，最想念的人是谁，他脱口而出第一个想见的人就是李大德。在所有坚信英雄犯错误只是病而不是道德败坏的战友中，他是最坚定的一个。当晚省委书记为他接风，席上他见到了一位当年在塔山浴血奋战过的战友，立马问起了李大德。对方的笑容当即就凝固了，停了一忽儿，回答了两个字：“死了。”

将军那一刻的表情一定令人非常震惊。他甚至有点说不清话了：“死了？怎怎怎么死了！什么时候！”最后一句几乎是在咆哮。虽然分隔了二十余年，但这位当年的胶东抗日英雄，塔山战场上一个人挡住敌人一个团，张北群山中带一个连俘虏敌人一个师的人，他年轻时革命队伍中的兄长和亲人，一辈子都以过去的形象活在他心里。（笔者甚至认为，即使过了若干年后他到了暮年，成了退休的老人，且早知道了李大德之死的全部故事，英雄的形象仍然会像当初那样在他心里活着，直到永远。）他的声音破坏了宴会的气氛，所有人都注意到了他的不悦。于是说出方才那两个字的战友为了回答他的震惊又补了一句：“回到 × 县不到三年，一九七〇年就死了。”

将军很快就来到了他说的 × 县视察部队，现在它已经成了 × 市。在这里他终于听到了李大德人生最后三年的全部故事。由于英雄带着一个“犯错误”

的档案回到故乡，而且显然是被“处理回来的”，一开始就没有得到很好的安置。他被分到一个小煤厂做搬运工（那时还没有后来那种部队干部转业安置的相关政策），妻子似乎是到一家更小的街道工厂上班。分给他们住的是两间破旧的平房。对于当年的双枪女侠，遭遇的第一个也是最可怕的敌人是北方冬季的严寒。虽然丈夫在煤厂拉煤，两口子的工资除了支应一家子的生活费外竟拿不出钱来买煤生炉子取暖。也就是这时她发现丈夫咯血，到医院查一下，同样因为是“犯错误被处理回来的人”，没有得出结果，只说是劳累。一九六七到一九七〇是“文革”最汹涌澎湃的年头，李大德白天用板车拉重载送煤，晚上接受批斗，勉强熬过两个严寒的冬天，一向强健的身子骨突然垮下来。这时再去检查，医生说出一个当时还相当陌生的名词：肺癌晚期。再后来……再就没有后来了。

虽然在 × 市的日程紧张，将军还是坚持要去拜访一下李大德的遗孀，那位仍然健在的双枪女侠。女侠还住在当年分给英雄一家的两间旧平房里，只是年代久远，平房更为破败不堪，甚至难避风雨。因为将军要来拜访，她花钱买了一个西瓜，切开了坐等。行前随员问将军带什么礼物，要送花吗？将军厌恶地说别弄那些不着边的，带点实在的，弄一桶油，一袋好大米。她是南方人，在北方很难吃到好大米。这时他已询问了英雄一家的境况。境况很不好，大儿子重病，二儿子在一家小工厂上班，朝不保夕，两个儿媳妇下岗，没人能照顾得了自己年迈的母亲。他问死了的人埋在何处，回答是市里对英雄的问题进行了甄别，已经平反了，现埋在市的烈士陵园里。将军说我是要去看的，不在那里我可不答应。他坚持先去看过活人再去看死人，而这时市里和驻军的一帮人却在满世界一头大汗地寻找李大德的坟到底在哪里。头天半夜驻军的一位部门领导终于在英雄的家乡找到了李大德没有任何标记的土坟，一个不起眼的土包，荒草丛生。他激动地打电话报告将军说找到了。将军回头就生气地打电话给省委书记，说你整天说嘴，什么拥军模范省，全国名列第一的战斗英雄死了，都没有进烈士陵园。省委书记马上表态一定纠正这个错误。将军进了双枪女侠简陋的家，看了半天找不到坐的地方。他想到对方会在见到他的一瞬间放声大哭，他自己都想哭一场，何况这么一个二十余年来遭受到巨大磨难和不幸的女人！但他看到的却还是当年的女游击队长，苍老，平静，坚定，眼角的余光里甚至仍然保持着年轻时那一丝对他的戏谑和嘲讽。双枪女侠仍然沿用当年的称呼欢迎将军，说："× 团副，你来了？坐吧。"将军一时间有点难以控制自己的感情，说："大姐，我来晚了。""来了就不晚。"女侠仍然平静。"吃西瓜吧，这是我用今天的菜金买的，为了你来买了这个西瓜，今天我就不吃菜了。"她说。将军很快注意到这房子四处透风，说大姐你怎么还住在这儿？女侠说我是工厂的退休工人，有房住已经不错了。将军说不对，你是抗战老战士，按政策你应当进市里的干休所。女侠说我随李大德回来就改成工人了，现在只能享受工人的待遇。将军什么也没有再问，他几乎噙着两眼泪，带着一腔无名火离开了老人，回头把市领导和当地驻军首长召来，一点也不客气地要他们马上办三件事：一是恢复老人的抗战老战士待遇，马上搬进市干休所并解决住房，冬天一定要有暖气。二是根据省市照顾战斗英雄困难家属的规定，适当安置老人两个儿媳的工作，不要再让一家子老小都没有生活来源。他已经想到了虽然东江纵队老战士的工资低，以她家的情况看，非常可能还是会被孩子们“啃老”。说到第三件事时他说他不走了，一定等当地为老英雄迁坟，看到英雄进入烈士陵园，亲自去祭奠他一番才会走。这样一位本来就严厉的将军发了大火，当地官员和驻军领导都慌了神，答应马上就办，当天就开始办。

将军说不走就不走，真的住下来等。但是人算不如天算，当晚总部就来了电话，要他去北京参加一个重要会议。上飞机时他再次交代送行的市委书记和驻军首长：“我会很快回来的。你们不把我的事办好，我就自己找省委赵书记，让他自己来办。”众人诺诺。将军又专门交代驻军首长：“什么时候办好，你直接给我打电话。我等你的电话！”等他开完会回到济南，果然接到了电话，说地方领导告诉他，所有的事都办好了。将军还有点不放心，但不久后双枪女侠患病的大儿子就到了济南，代表母亲来看他。他以为所有的事都办好了，问他家里怎么样，大儿子有点含糊地对他说：“我妈让我专门来一趟，告诉你不要再替她操心了。”将军松了一口气，把心放下。

给我印象最深的是将军几乎是噙着泪花一口气给我讲述了故事的后半段的。他为英雄晚年的不幸痛苦，又为自己替英雄的遗孀和儿女做了这么一点事深感安慰。我甚至觉得他有一种终于替所有的战友完成了一件大事的深刻自豪。最后这种感觉让我不由自主地感动，我想这就是战争年代出生入死的老战友们之间用鲜血和生命凝聚成的感情啊。我也上过战场，自以为懂得这种感情；我同时也想到了，我可能已经找到了一把钥匙，通过寻找英雄李大德生前死后的故事进入将军一生的故事尤其是他的精神世界。我提出趁着去山东采访的机会寻访一下李大德的遗孀，那位已经令我肃然起敬的双枪女侠，请她聊一聊英雄和她自己的故事，以及他们和将军在一起的日子里发生的故事，从中发现他们对将军的影响。同时，我自己也想去 × 市烈士陵园寻访并瞻拜一下那些晚年不幸的英雄。将军当即表示支持，说他们把他的坟移到那里去后他还没有机会去看过呢，你去了就替我为他扫一次墓吧。

于是就有了开篇写下的那句话。由于有了北京方面的安排，我在山东的采访一路顺利，很快就到 × 市。当地武装部的两位领导接待了我，他们都很年轻，令我吃惊的是他们居然不知道李大德这个名字。我说出这个人的故事和将军与他的关系，以及前者现在埋骨的市烈士陵园，两位领导非常踊跃地表示马上帮我联系，同时答应我的要求，帮我联系英雄的遗孀和他的子女家人，安排一次特别的见面和座谈。事情到了这时仍然十分顺利，而且天朗气清，惠风和畅，虽然春寒料峭，出发时我仍然难以抵制内心的激动。我仿佛觉得我不是一个人，我是代表着将军和他身后那些曾经战斗在塔山的老战友们来的，代表着像我这样更年轻的、对创造了共和国历史的英雄充满景仰的一代来的，另外也仿佛是代表比我更年轻的一代、两代、三代来的。我来瞻仰和拜祭的不只是一位真实存在过、战斗过、在战场上流血并且创造过神话、享受过巨大荣誉又在其后漫长的生命岁月里遭遇过巨大挫折的英雄，也是英雄代表的那样一支逐渐远离我们而去的军队，一个时代，一段历史。我和我的随行者带来了鲜花和祭品，还有我们的虔诚、激动和对于这样一次拜访的隐隐埋藏的期望——对于发现那一时期真正的中国历史精神的期望。但是我没有在那个位于一面坡度很缓的山坡上、面积相当广阔的烈士陵园里找到李大德的埋骨之地。先是在陵园的烈士名册上我们就没有找到他，陵园的管理员解释说，他们也刚来这里工作不久，有些烈士迁进来，没有登记入册，也是可能的。我没有放弃，沿着一条条墓间小道寻觅，趴在一座一座墓碑前辨认上面或清晰或模糊的碑文。没有。没有李大德的墓。陵园的管理者已经打电话找到了老园长，老园长赶过来，告诉我说从来没有一个叫李大德的烈士迁入这座陵园。他在陵园工作了三十年，别的事情可能记不住，但陵园里什么年月迁入过哪一位烈士，他的记忆还是准确无误的。他的记忆力如此之好让我绝望，我只能选择相信一个难以置信的信息：还在将军严令当地领导和驻军首长将李大德的坟迁入这座烈士陵园的当年，李大德的墓就没有真正进入这座陵园。下午我见到了英雄的大儿子，他带着明显的久病的面容，陪伴他来见我的是他的仍然在下岗中的妻子和妹妹，至于二儿子和二儿媳，据说前者仍在小工厂上班，后者也仍在待业。我问他们的母亲——双枪女侠，此时她已经成了我最迫切想见的人。回答说不在，像过去多少年一样，一到胶东严寒的冬季来临，她就像候鸟一样飞向南方，到广东梅州老家的一位侄女家过冬。问到原因他们都沉默了，觉得对不起母亲，但还是说出来了，母亲的退休金不多，没有钱拿出来买煤生炉子取暖。到这时我全明白了，当初和今天将军认为他已经为东江游击队长一家做成的事，一件也没有落实。我心中起了一种冲动，我问当年的市委领导和驻军首长现在哪里。一直随行的武装部领导有些茫然，想了想才一个个地说出这些名字，有的高升，有的调离，基本上都退休了。后来我提起一个名字，这个名字是将军亲自说出来的，他说他当年离开时当地驻军首长曾经具体将此事交给此人承办，要求他一定要办好，他就是那位直到深夜才在李大德老家的荒野里找到英雄归宿地的部门领导，此人也高升到异地后退休三年了。我无语。无语而且愤怒，最强烈的感情却是惊愕。但还是忍住了，没有打电话给将军的秘书，正是他们安排了我的这次采访并对于这次采访会给已经离休的将军带来的快乐寄予了厚望。我具体问了一下李家子女的生活，他们递给了我一份分明早就写好的给将军的信，我知道信里一定是求助。我答应保证将信送到。我突感无力，我知道自己能为他们做的也仅仅是这个。

在全国采访一个月后回到北京，我将李家子女的信交给了将军的秘书。毫不出乎意料，两人看信后的反应第一是惊愕，极度的惊愕，难以置信，然后是愤怒，巨大的愤怒，我也就此听出来了，包括那位具体承办者在内，一些人在以后的升迁中都因此事得到了并非来自将军本人的助益。他们不相信居然会有人如此胆大，公开糊弄这位素来治军严厉的将军。但在我问到是不是要报告将军时他们却沉默了。将军刚刚因为心脏病做了开胸手术，目前正在恢复，而且性如烈火，一旦动怒，后果不堪设想。他们最后商量了一下告诉我，信他们替将军收下，会处理的。我知道我的使命已经结束，于是退出。很快就有了好消息，李家大儿子带着自己的媳妇和长子来到北京，经将军秘书安排住进了招待所，据说秘书最后还是安排他们见了一次将军，具体说了些什么我不得而知，唯一知道的是李家长子提出了让自己大学就要毕业的儿子上军校读研究生的要求。虽然如此，我仍感到非常欣慰，我知道，无论如何，李家的——首先是那位已到高年的双枪女侠的——艰难处境，上一次没有改变，但这一次，终于有可能改变了。

后来的消息并不是太多，一方面我忙着我的工作，另一方面，来自山东的消息仿佛突然就全部消失了。一年后我意外地接到一个电话，是李家长子的长子也即李大德的长孙打来的，他告诉我说，他考上了中国化工大学的研究生，他的父母要他来北京后登门对我表示感谢，没有我他就得不到帮助读这个研究生。我当即谢绝。在他成功考取研究生的事情上，我模糊地想到了不但我什么都没有做（帮不了他什么），别人有可能也什么都没做，他非常可能真的是靠自己的能力考上的。山东离北京太远了，他们并不了解在他们心中处在极高地位的人也有自己的原则，有时候也是做不了或者绝对不能做他们以为他能做的事情的。我只是在电话里告诉他：好好读书，以后好好地创造自己的生活，有力量的话就好好孝敬自己的父母，当然，还有祖母。这时，我忽然有了一种轻松感，觉得终于可以和李家、和李大德夫妇生前死后的故事告别了。

二〇一〇年的早春，我因为一部名叫《客家人》

的电视剧的采访任务，来到了粤东的梅州。有关人士招待我吃饭，问我是哪里人，我说是河南人。他们说你哪里是河南人，我们才是河南人呢。原来他们都是客家，而客家人坚持认为他们是中原人。不知为什么我忽然想到了双枪女侠，离开将军传记写作工作已经三年，我以为我已经忘记她了，但事实上，就像一首歌里唱的一样：从来没有想起，但从来也没有忘记。我从踏上粤东大地那天起就想到了她。我迫切想知道她的抗日老战士的身份是不是恢复了，人生境遇是不是改善了，尤其是住房，是不是可以不因为无钱买烤火用煤，再像候鸟一样一到霜降就飞到南方——我现在来到的她梅州山里的侄女家——过冬了。我很唐突地问他们知不知道这位东江纵队的老英雄。令人意外的是他们知道。我问他们今年她又回南方过冬了吗？说出这话时我的心已经像一片微风中的羽毛，轻轻地但却是疼痛地抖起来。我非常希望他们脸上现出讶异的神情，但是没有。他们中的一位回答说："回来了，还没走呢。"他们不约而同地说起她来，让我明白，每年她回到这里来过冬，其实并没有人照顾她，侄女一家全都在外打工，过年也不回来，在那个家里过冬的只有她一个。那片羽毛抖得更厉害了。我心里骤然涌出一种苦涩，一个狂烈的渴望，我想见到她，完成数年前没能完成的对她本人而非英雄或者将军人生经历的采访。他们很轻松地就答应了，只说路很远，都是山路，非常难走。你真的愿意去吗？我很坚定。"当然。"我说。

山路确实难走。翌日一辆八成新的猎豹越野车早上九时出发，一路颠簸摇荡，下午四时才大致上赶到了目的地。我以为到了，浑身的骨头都被颠散了，下车后司机兼向导却说还有两座山，女侠今天借居的侄女家还在我们面前这座大山的背后，剩下的这段路不通车，只能步行。我抬头向前面的山群望去，不知为什么我心中清楚地浮出了《山在山的深处》这个题目。群山重叠，犬牙交错，而又层层叠印在一抹乳白色薄雾中，水墨画境一般幽远。我有点忐忑，担心没有力气走过这重重叠叠的山，同时另一种强烈的挫折感也深深地打击了我，我觉得我虽然来了，但也仍然非常有可能见不到这位女侠。但还是往前走了，翻山越岭，走向一座山脚下只有几户人家却见不到一个村民的村子。得益于向导的指示，我居然一眼就看到了她。

她就在那座山下。房子在她的背后，是当年客家人远涉重洋衣锦还乡后盖出来的那一种，中西合璧，百年的风雨剥蚀过后，凋敝破败，却仍可见当年的奢华，或者应当反过来说，虽然保持着一座当年的洛可可建筑风格洋楼的轮廓，却破败到了极致，连门窗都没有了，只剩下一具赤裸的朽黑的骨架，下面张开着一个空洞的门洞。房子背后是山，由低向高疯长着水杉和毛竹，我还看到了大片的禾雀花，在这个季节里开遍每一棵百年古树的低枝和高杪。

夕阳的光芒如同大火，照亮了山下的独立家屋，连同它背后山上的草木和大片盛开的青白色的花海。

她就在这片温暖的光芒中，整个身子隐在一张南洋风格的旧木椅中，那木椅的岁数一定比她还大。但在这样的一幅几乎静态的画面里，她的衰老和木椅、身后的房屋的衰老如此一致，细到了每个细节，最早的一瞬间已经无法让你分辨出人、木椅和房屋，三者合为一体，却因为她的存在——虽然她一动不动——而有了生命。那是一种极度安静中的生命之火，与照亮了这一片几乎封闭的世界的夕阳的光芒融汇在一起，且在这样的融汇中化入了此时你可以强烈感受到的无所不在的温暖。我急切地寻觅那双眼睛，眼睛中的光芒。她醒着，目光苍老，平静，坚定，眼角余光里仍然保持着一丝招牌式的嘲讽。

我停在那里了。巨大的羞愧像滔滔洪水漫过了我的身心。我知道，采访结束了。

二〇一四年五月十日初稿，二十四日改定

后 记

古人说的“读万卷书，行万里路”，是一种高标准、高品质的生活。对此生命的追求，真正实施者甚少。读书破万卷不容易，远行也是多有不便。时间走到了今天，旅途变得十分通畅，行万里路已经不是问题，读万卷书却仍不是件易事。这需要个人的自觉及社会的推动。而文字是一种释放，也是一种交流。作家的写作同样需要与读者互动。

漓江出版社顺应需要，提出了散文精品城际阅读，编辑系列名家丛书，以迎合扑面而来的旅途与信息相融的高铁时代。

谈起选题时，我们就谈到了“七”这个数字，它是“赤橙黄绿青蓝紫”的七，是“哆来咪发唆拉西”的七。让人联想到色彩的无限斑斓与乐曲的美妙变化。那么就定为七人吧，每年邀约七位当今活跃于文坛的作家，以构建可资阅读、珍藏、研究的厚重文库。

作家们欣然响应，很快组成不同性别、不同年龄、不同地域、不同风格的七人年展。毋庸置疑，随着时间的推移，这个精品文丛将会显示出它茁旺的生命力。

王剑冰

2017 年夏

王剑冰，著名散文家，我社《中国年度散文》《中国年度散文诗》主编，《旅伴文库 · 散文精品城际阅读》主编。

请记下你与日子的美好相遇

请记下你与日子的美好相遇

请记下你与日子的美好相遇

请记下你与日子的美好相遇

请记下你与日子的美好相遇

请记下你与日子的美好相遇

请记下你与日子的美好相遇

请记下你与日子的美好相遇

请记下你与日子的美好相遇

请记下你与日子的美好相遇

请记下你与日子的美好相遇

请记下你与日子的美好相遇

请记下你与日子的美好相遇

请记下你与日子的美好相遇

请记下你与日子的美好相遇

请记下你与日子的美好相遇